U1003323

旅伴文库·散文精品城际阅读

聂震宁 / 总主编
王剑冰 / 主编

黑棉花，白棉花

谷禾 —— 著

漓江出版社
·桂林·

图书在版编目（CIP）数据

黑棉花，白棉花 / 谷禾著 . -- 桂林：漓江出版社，2021.11

（旅伴文库 . 散文精品城际阅读 . 第二辑）

ISBN 978-7-5407-9085-1

Ⅰ . ①黑… Ⅱ . ①谷… Ⅲ . ①散文集—中国—当代 Ⅳ . ① I267

中国版本图书馆 CIP 数据核字（2021）第 076032 号

HEI MIANHUA，BAI MIANHUA

黑棉花，白棉花

谷禾　著

出版人：刘迪才

丛书策划：张谦

责任编辑：黄彦

书籍设计：石绍康

责任监印：张璐

出版发行：漓江出版社有限公司

社址：广西桂林市南环路 22 号　邮编：541002

发行电话：010-65699511　0773-2583322

传真：010-85891290　0773-2582200

邮购热线：0773-2582200

电子信箱：ljcbs@163.com

微信公众号：lijiangpress

印制：三河市中晟雅豪印务有限公司

［河北省三河市洵阳镇错桥村　邮编：065299］

开本：880 mm × 1230 mm　1/32

印张：9.375　字数：109 千字　插页：16

版次：2021 年 11 月第 1 版　印次：2021 年 11 月第 1 次印刷

书号：ISBN 978-7-5407-9085-1

定价：46.00 元

漓江版图书：版权所有，侵权必究

漓江版图书：如有印装问题，可随时与工厂调换

目 录

Contents

辑二　黑暗中穿行

总 序

聂震宁

“旅伴文库”乃应时而生的出版项目。当今之世，既是提倡全民阅读之时，又是全民旅行已成热潮之际，正应了古人“读万卷书，行万里路”的人生信条。究其实，现代交通工具大大方便了百姓的出行，旅行几乎成了普通民众的一种生活常态，“行万里路”已成简单的事情；而全民阅读则还在国家、社会的提倡中，普通人真正要“读万卷书”，似乎还比较困难。然而，唯其难，故而需要多方设法推动，长期用心提倡。漓江出版社策划设计这一文库，既顺应了现代人出行的需要，更是为全民阅读助力，颇具趁旅行热潮助推全民阅读，借全民阅读提升旅行质量的匠心。

相比较已经形成热潮的旅行，全民阅读似乎还不够热。尽管国家为倡导全民阅读加大力度，各级政府为开展全民阅读提供政策支持，每年“世界读书日”各地开展活动有声有色，“书香中国”活动在全国范围风生水起，家庭阅读、校园阅读、社区阅读、机关阅读渐次开展，有识之士一直在呼吁让阅读成为一种生活方式，然而，平心而论，许多主要是在外力推动下开展起来的阅读，距离“让阅读成为一种生活方式”愿望的实现，还有长路要走。

如何才能让这一愿望成为现实呢？我们以为，让阅读与日常生活相伴或许是努力的主要途径。全民旅行热潮形成，旅行已经成为普通百姓的一种生活方式，提倡在旅途中阅读也就是比较自然的事情。国际上曾有过“中国人不爱读书”的负面评价，评价者所举证的，正是旅行途中许多发达国家人士在读书，而许多中国人并不读书，颇使得极具荣誉感和自尊心的许多国人心中不爽。

其实，要改变这一国际负面印象并不困难，最直接的办法就是让更多国人在旅行途中读起书来。当然，在旅行途中读书并非为了做样子给国际人士观赏，挣回一点面子，而是全民阅读之树必然开出的日常生活之花。“旅伴文库”正是为了催生这美丽的花朵而做出的努力。“旅伴文库”的出版宗旨“人生漫旅，好书伴你”，就是出版人真诚而温馨的承诺。

事实上，开展在旅行途中的阅读，对于提高我国旅游事业的质量也是大有裨益的。对于国人的旅行，一直都有某些负面的评价，认为其盲目、简单、粗糙，缺少文化内涵和审美情趣，还有就是不读书。这些负面评价已经成为国民素质不高的重要证据。知书达理或知书达礼，不爱读书的民族谈何文化内涵和审美情趣！于是，近些年来，就有许多关于改善旅行生活、提高旅行质量的意见提出，其中有一条意见颇具感染力，那就是“带一本书去旅行”。

“带一本书去旅行”，其直接的用意是让人们在旅行途中闲暇时刻不至于无所事事。古人主张“第一等好事还是读书”，那么，人在无所事事时，第一等好事更应当是读书了。人在旅途中，休闲时也要保持着优雅的生活姿态，而阅读正是一个人最优雅的生活姿态。旅行是一个发现美、欣赏美的过程。“带一本书去旅行”，既可以读书明理，也可以直接帮助我们丰富旅行知识，探寻美的存在，增加旅行的深度和厚度。旅行即意味着暂时摆脱日常世俗生活的纷扰，暂时忘却生活中某些庸俗无聊的烦恼，所谓“偷得浮生半日闲”，让身心得到休养，那么，“带一本书去旅行”，可以借一本好书帮助我们超凡脱俗，让一本好书高雅的气质陪伴我们的灵魂，让一次次旅行成为与一本本好书相伴随的精神之旅。

应时而生的“旅伴文库”，其用意就是倡导“带一本书去旅行”，让精品图书成为旅行者的精神伴侣。在全民旅行热潮扑面而来的同时，也要让全民阅读热潮相伴而去，让“读万卷书，行万里路”的理想成为现实。

为了旅途阅读而设计的“旅伴文库”，自然要更多顾及旅行阅读的特点。旅行阅读当然是各有所好，可专门为旅行者出版的图书，则要更多体现旅行者阅读的便捷、休闲、审美、精粹等需求的特点。“旅伴文库”的各个子系列设计得很具匠心。其中，“散文精品城际阅读”系列，一辑只选七位作家，颇有“七剑下天山”的气概；每人每本不过十来万字，极大突出了精选的精神，再配上雅致便携小开本软精装，精编精印，想必能吸引读者眼球而令人求得一睹为快。“漓江的书，买了再说”，是20多年前本人在漓江出版社社长任上为该社拟定的广告语，出版人的自信自许，竟然在这个系列的设计中重新得以体会。

“旅伴文库·散文精品城际阅读”第一辑已经面世。入选的七人七种散文集，有刘亮程的《半路上的库车》、朱秀海的《一个人的车站》、王剑冰的《水墨周庄》、徐则臣的《去额尔古纳的几种方式》、陈彤的《玻璃栈道》、阿德的《北行记》和董谦的《种稻记》等。入选的每一位作家都以实力呈现，努力奉献自己卓具新意的作品集。

在邀约散文名家加盟过程中，编选者主张作品质量优先，新人新作质量必须上乘，而名作家则必须以力作加盟。第一辑的七人七书，完全可以称得上是精选精编而成，阵容齐整，一经面世，便引得许多读者兴趣满满，更使得出版社信心满满。于是，时隔不久，又有了第二辑的编选出版。

该系列第二辑的七人七书，出版社一如既往地精选精编。入选者有彭程、乔叶、陆春祥、顾建平、谷禾、陈世旭和王可越，阵容不凡，与第一辑水准相当。主张“真实是散文最基本的遵循”的彭程，他的《头脑中的旅行》一书收入了《自由在呼唤——从陶渊明到袁中郎》《漂泊的屋顶》《在母语的屋檐下》等9篇颇具思辨深度、文笔精准的佳作。被论者赞誉为“清新、隽永，如同她的人……让爱和温暖静静地流淌”的乔叶，她的《一杯白茶》一书收入了《卖麻辣串的女人》《薄荷一样美好的事》《跳面之跳》等25篇清新隽永的佳作。被论者指为“透着十足的智慧和无限趣味”的陆春祥，他的《霓裳的种子》一书收入了《〈霓裳〉的种子》《杂草的故事》《泥土去哪儿了？》等 11 篇既慎思明辨又智慧幽默的佳作。我的北大校友顾建平，他认为“散文是一种自由而真诚的文体”，其《冬天我到南方》一书收入了《冬天我到南方》《惠州秀才苏东坡》《几人曾见水流西？》等 16 篇自由而真诚的佳作。早些年被朋友指为“即便生活在北京，他选择的是生机盎然的通州”的谷禾，既是诗人也是散文家，他的《黑棉花，白棉花》一书收入了《一个人的河流》《等待戈多，等待贝克特》等 32 篇颇具乡土气息和文化意味的佳作。成名于 20 世纪 80 年代的著名作家陈世旭，他那部获得全国优秀短篇小说奖的杰作《小镇上的将军》让我们至今难以忘怀，他一直主张“讲普通人生活的故事”，他的《俗可以，别太俗》一书收入了《不与狗争道》《坏人的面相》《最好的风水》等 43 篇看似普通却一点也不普通的佳作。大学教授王可越博士，一位设计思维创新的资深导师，散文随笔不过是他思维创新中的灵感闪现，他的《万物与我》一书收入了 200 多个超短篇作品，内容涉及经验、对话、回忆、观看、幻想、梦境、道听途说，有诗有文，亦可当寓言、小小说来读，尤其适合旅行者在旅途中阅读，多得解颐之娱。

“旅伴文库·散文精品城际阅读”两辑共14种书出版，渐成大的格局和不凡气象，相信这不仅会成为散文界、出版界各位同好的共识，也会成为众多文学读者的真切感受。更重要的是，众多旅行者决心“带一本书去旅行”时，有这些可爱而精致、精美的口袋书可供选择，可以从中找到温情相伴的旅途伴侣，成为一次快乐旅行的美好开始，自然是一件令人愉悦的事情了。

2017年9月第一稿

2020年6月第二稿

聂震宁，第十、十一、十二届全国政协委员，中国作协全国委员会名誉委员，中国韬奋基金会理事长，中国出版协会副理事长，“旅伴文库”总主编。

辑一

树上的事情

黑棉花，白棉花

布置完当堂的作业，已临近下课时分，我下意识地捭了捭留在拇指和食指间的粉笔灰，舒一口气，把目光望向教室门外的花坛。我想找的是每天上午准时光临的那群麻雀，父亲涨得通红的脸就是在这时突然横切过来，咚的一声撞入我视线的。我以为是过度疲劳造成的瞬间错觉，接着干脆使劲闭了眼，试图把父亲的脸驱赶出去。但这次我错了，因为接下来我分明听到父亲在唤我的乳名——声音仿佛寒风揉搓着粗布，浑浊而刺耳。

你娘中毒了——在镇上医院里。父亲的嘴唇在哆嗦。

我的学生们刚响起来的哄笑声半途戛然而止，他们觑觑然地望着我，有些不知所措。我觉得自己整个的身体都在往下沉——沉向这个八月之末漆黑的深渊。我勉强递给我的学生们一个微笑，表示了对他们的谅解，同时说了声“对不起”，教科书也不带走，就冲出教室，匆匆往楼下跑去。校园里已经不见父亲的身影。我跑步折回宿舍，推出自行车，试图穿过小镇的菜市街，尽快赶到另一端的医院去。但是不行，又脏又乱的菜市街挤满了十里八村的人们和来往的车辆，顺当地走过去也不容易，哪里还能骑车过去。看来只能绕行学校后边棉田间的便道了，我不再犹豫，翻过一条干涸的壕沟，骗腿就上了车。

正是夏秋之交时节，便道两旁的棉田里，满眼的棉株枝繁叶茂，绿得逼人，手掌般的叶片层层重叠，密密地反射着白花花的日光。有风吹过时，白的、紫红的花朵和硕实棉桃一闪，瞬间又隐匿了踪影。隔不多远的棉垄间，就有只穿着短袖汗衫或光了脊背的棉农，头戴麦秸草帽，身背手压式喷雾器，向远近的棉株上喷洒着五花八门的杀虫药剂。空气中飘弥着呛人的有机磷味道，我知道他们此刻喷洒的一定是剧毒的甲胺磷、甲基1605，或者铝合金瓶装的3911，瓶子标签上的骷髅突然龇牙咧嘴地活起来，巨大的恐惧沿着经脉和血管一点点向全身扩散开来。我的目光不由扫过最近的棉株，看见棉株根部的叶子正在往地上滴着药水，地上落满了各种颜色的虫子尸体，有几只虫子肯定是刚刚中毒，身子抽搐作一团，还在翻滚着挣扎，试图拒绝大限的来临。我仿佛看到了此刻躺在医院里的母亲，顿时心生怜悯，忘了自己和父亲也是剥夺了它们生命的凶手。

此刻，棉田盛大，天地安泰，而喷药的棉农神情专注。仿佛他们丝毫没有注意到无数生命正在他们脚下蜷曲着死去，仿佛他们与我心中的急切和恐惧毫无瓜葛。

马尔克斯在《百年孤独》的开头这样写道："许多年之后，面对行刑队，奥雷良诺·布恩地亚上校将会回想起，他父亲带他去见识冰块的那个遥远的下午。那时的马贡多是一个有二十户人家的村落，用泥巴和芦苇盖的房屋就排列在一条河边。清澈的河水急急地流过，河心那些光滑、洁白的巨石，宛若史前动物留下的巨大的蛋……"（黄锦炎等译）十二年后，我也曾再次经过那片棉花地，看到挤挤挨挨的双层别墅式小楼已经把盛大的棉田变成了新的居民区；我走过的田间便道也消失了痕迹，萦绕在我脑际的记忆除了呛人的农药味，已是一片空白。我甚至无论如何，也再记不起自己是如何到达医院的。

我赶到医院后仍然没看到父亲的身影。值班的张医生是我相熟的朋友，这个有经验的医生肯定觉察了我的惊魂不定，他先让我坐下，自己走去墙角的饮水机那边，倒了一纸杯冷水给我，说，先喝杯水吧，你母亲在后院的病房里，已经吊上瓶了，有护士在照看着，很快就会醒过来的。他说话的语调很轻很平静，脸上始终带着笑意。一杯水下肚，我的情绪也渐渐稳定下来。张医生又问我抽不抽烟。我摇摇头。张医生又说，不抽好。

小镇医院的病房我也曾住过的，就在门诊楼后边，是一排破旧平房。跟着张医生走进去，我一眼就看见院子里摆满了软床（木质床架，承重的部分用粗壮的麻绳攀结而成）。软床周围无一例外都围着数量不等的人群，人群中一个比人高些的铁架上悬挂着一个个向患者肌体里滴注药液的玻璃吊瓶，不用说也知道，软床上躺着的大都是来自十里八村的农人，空气里的有机磷味道比棉田里更为浓烈。张医生说，差不多都是给棉花喷药不小心中的毒，病房太少，只能露天就简。他似乎看出了我眼中的疑惑，继续说，刚刚抬走了一个自己服毒的年轻媳妇，喝了足有一两多，急赶慢跑从家里抬来，针头还没扎上，瞳孔就散了，根本没得救，肚子里还有娃呢。他摇摇头，叹口气，并没有停顿脚步，径直带着我向母亲的病房走。

母亲的病房里挤挤挨挨摆了四张铁架病床，母亲的病床靠着窗，正午的阳光穿过洞开的窗玻璃，照在高吊着的输液瓶上，也照着母亲蜡黄的脸。护士也是熟人，看到我进去，让出了最近的位置，轻声说，大娘虽然还在昏迷中，但心跳已趋于正常，基本上算脱离危险了。我俯下身子喊了一声“娘”，见她没有反应，又提高嗓门喊了一声，仍然没有见她有反应。她的身体已十分虚弱，颧骨异常突出，面颊也塌了下去，散乱的头发仿佛刚用水洗过，一缕一缕地紧贴着额头，头发没有遮着的部位汗津津的，嘴唇惨白，面皮下青色的血管隐约可见。我伸手替她抹去额上的汗珠时，感到了一种彻骨的凉意。我突然变得不知所措，只是笨拙地向张医生和护士一连说了好几声“谢谢”。张医生又向护士和我交代了几句，引得邻床的患者家属都把目光投了过来，那目光里的内容却非常复杂。

送张医生到病房外，我看见父亲正站在走廊前的台阶下发呆，高大的身形看上去有些笨重，嘴唇哆嗦着，似乎想说什么，却终于一个字也没有吐出来。还是张医生对他笑了笑，说已经没事了，您也进去喘口气吧。

母亲苏醒过来时已是天近黄昏。那时母亲蜡黄的脸色已经复原了几丝红晕，也许是睁开眼睛的瞬间就看到了同时坐在病床前的我和父亲，她的目光祥和而安静，丝毫没有从死亡的悬崖挣扎回来的悲喜交加。然后，她试图把被父亲攥着的那只手抽出来，父亲却不松开，而是伸出另一只手，用毛巾拭去了母亲眼角潸然而下的两行泪水。我问母亲要不要喝点水，想吃点什么。母亲摇摇头，又闭上了眼睛。

一个星期后，我把母亲送回了家。再过一个星期，我又回家看她，却不见了人影。邻居说，你娘去棉田里捉虫去了。到第二年，我提出不再种棉花。父亲和母亲却异口同声地回绝，而且没有商量的余地。我知道家里日子的艰难，顿时失去了争辩下去的底气。后来我曾半开玩笑地问母亲那次中毒有没有看见阎王爷的样子。母亲认真地摇头说没有。她接着又说，我只是在一片没有边际的棉花地里坐着，我的周围和身下铺展开来的是拾好的雪白的棉花，堆得比棉花厂的棉垛还高，村里许多中毒和服毒死的老老少少都坐在上边哭，被泪水打湿的白棉花慢慢就变成了黑棉花，最后变成了漫天飞舞的漆黑的纸灰。

母亲说着，眼睛不再看我，而是望向了村外的棉田，仿佛一地的黑棉花正在迎风怒绽。母亲的自顾自说也把我带入了对棉花的再一次审视和打量。

黄淮腹地种植的主要作物里，棉花的经济和实用价值都比较高，种植和管理当然也少不得花费功夫。整枝、打杈等田间管理固然简单，劳动强度也不大，各种虫害、病害的侵袭却最闹心，让人防不胜防。蚜虫、青虫、红蜘蛛以及其他许多叫不上名字的各色害虫，仿佛烧不尽的野草，攒着劲轮番向叶、花和棉桃发起进攻。棉农从镇上买来了各种国产和进口农药，一遍遍地喷洒上去。标准剂量和浓度效果不好，下次就加到一倍甚至两倍；一种不行，下次就两种三种合起来用；每周一次不行，就三两天一次，不信拿你们几只小小的虫子没办法。虫子们似乎也较上了劲，不断增强着抗药性，抵抗着棉农们的虐杀。如果这是一场战争，尽管实力悬殊，战事惨烈，虫子们却绝不投降，踏着同伴遍地的尸体，继续向高大的棉株和人类发起新的进攻，而且至今不息。

这是怎样的血腥场面啊。烈日炎似火，棉农精心选择虫子们一天中抵抗力最薄弱的中午，开始了猝不及防的大规模绞杀。他们身穿短裤和半袖汗衫，有的干脆光着脊背，身背灌满各种剧毒农药的手压式喷雾器，冲击棉田，仿佛大海中搏击风浪的勇士；喷枪掠过，被触杀和胃杀的虫子噼里啪啦落在地上，痛苦地抽作一团。沾在花叶上的药液和弥漫在灼热的空气中的气雾同时也透过毛孔，悄悄渗进了他们的衣缝和肌体。他们开始头重脚轻，四肢绵软，恶心呕吐，蹲在地上大口喘气，或者支撑不住倒在地上，来不及听见虫子们的冷笑，就被家人和邻居手忙脚乱地送去医院，像我母亲一样，去死神身边走一遭，倒霉遭殃的此一去就没再回来。挨门挨户探访过村子里多年植棉的乡邻，竟无一例外都品尝过中毒的滋味，这里当然也包括我素来沉默寡言的父亲。

比中毒死亡更为惨烈的是生者对农药的主动选择。那些没有用完或正在使用中的剧毒农药，被棉农小心地收起来，放置在家里的某个角落，或挂在窗棂上。不想，却成了寻死者最便捷的选择。因为遭了种种不顺，或夫妻情人闹别扭，或兄弟姐妹起了争执，或父子母女矛盾激化，或邻居亲戚生了纠纷，哪一方想不开，觉着受了天大委屈，冲动之下，摸到药瓶，拧开瓶盖，咕咚咕咚灌下一气，再想生还，哪里还有机会！接着还会衍生出不知多少更大的悲剧。黄淮腹地的上万村庄里，服农药自杀成了非正常死亡者最主要的选择。死者大多正值壮年，支撑着一个个家庭，有的还是十几岁的花季男女，怎不让人感叹唏嘘，怎不让人心生苍凉。

我当然不能把众多的非正常死亡都加罪到棉花和农药身上，但突然又想，如果我的家乡碰巧不是棉花产区，他们中的许多人，也许至今仍然活在那些村庄里，活在我们的身边。

十多年前，我所供职的学校是一所乡村中学，学校的围墙之外，夏季是一望无际的麦海，树木环抱的村庄，仿佛无数漂浮在海面上的不沉的岛屿。

秋季则是一波波棉田，秋风吹拂，枝叶由盛而衰，棉桃渐渐露出峥嵘，一瓣瓣的棉花灿然吐绽，雪白的棉絮晃得人心旌摇荡。这样的季节，空气里浓郁的有机磷味道已经飘散殆尽，一群群麻雀又叽叽喳喳飞来。我站在学校的五层教学楼顶上，极目远眺，心生豪迈，却突然看见了棉田深处的一座座旧坟新坟，心情顿时黯淡了下来，满眼的雪白也渐次熄灭，变成一片苍茫和漆黑。

母亲是在拣拾绽开的棉花时，被父亲喷洒在花叶上的甲胺磷和甲基1605混合液击倒的。那天父亲找到学校时，我正给学生讲述的是柳宗元的《捕蛇者说》，文中道：“永州之野产异蛇，黑质而白章。触草木，尽死；以啮人，无御之者。”

树上的事情

在我们平原上，树比人多，也比其他事物活得更长久，所以称它们为平原的主人一点也不过分。在我的记忆里，树总是长不多高就手拉着手，把邮票般大小的村子严严实实围起来，再小心地遮上厚厚的绿荫。春天归来的时候，树上的事情也繁忙起来，先是树身上的皮肤由粗糙变得爽滑了，树枝渐渐泛出一层浅淡的若隐若现的鹅黄，突然有那么一天，第一粒绿芽爆了出来，接着第二粒、第三粒……而且每一粒的额顶都沁着细密的汗珠，仿佛刚刚经历过催生的阵痛。等到那些绿芽睁开惺忪的睡眼四面张望时，所有的枝头都笼上了一层云蒸霞蔚的紫雾。红的、白的、黄的花儿赶年集似的火火地盛开来，装点着留守的村人足不出户的寂寞日子。过不了多久，密密的绿荫深处偶尔就会有几个绒绒的小脑瓜不经意探出来。

夏天蹑手蹑脚地来到树上，树似乎早有准备，伸一伸胳膊拂去脸上的浮尘，把浓郁的绿变得更油亮肥厚一些，又从不知哪儿招来些昆虫和蝉子；没明没夜地吵嚷着，村人不耐烦了，怒冲冲地抄起根长棍一阵轰赶，或者怂恿着孩子去屋子里拿来粘网将其缉拿归案。而他们自己则睡回到软床上，又优哉游哉地扯起了呼噜。日头斜向西南他们才不情愿地爬起来，伸着懒腰，打着哈欠，松松垮垮地朝田野走去。树目睹了这一切，但树不说话，只摇着头，哗哗啦啦落下几片叶子。第二天再去那儿躺下来，村人就感到脸上火辣辣地烫。村人知道树是生气了，便不敢再怠慢，日益把下田的时间提前一些。

秋天一到，树不得不多吃些累，多受些委屈了。村人把收获的玉米从田里运回来，赶午后或晚上的间歇，扒净一层层护皮，只留下最里面的两片，编结到一起，用绳子吊着，高高地挂满树几乎所有的枝枝杈杈，有意无意地炫耀着。如果这时节你来到我们平原上，冷不丁还会以为是树发生了变异，也学着玉米结起棒子来。这和夏天多么不同，夏天你远远地望我们的村子，像望着一座座漂浮在蔚蓝大海上的森林，这都是树带给你的误会。但现在是冬天，而且刚刚落下一场这么大的雪。安置好来年的庄稼，村子里的男人都成群结队地外出赚钱去了，留下女人们守着家，照料孩子和家畜，侍候爹娘。其实谁舍得走呢，但有什么办法。这年头我们村子着实不怎么景气，村人只好安置完来年的庄稼后，爬到树上去，把晒干的玉米扔下来，剥下籽粒喂牲畜，或者干脆堆放到角落里任老鼠啮啃。至于春天那些绒绒的小脑瓜，早在秋天已被村人扫荡得一干二净。所以树上还有什么事情呢？

但这只是你的想法。树却不一定这么想。没有事情的日子实在太无聊了，树就静静地回想一些事情。树低头看看自己裸露在寒风里的根，那儿的皮肤这些年来不知脱过多少层，所以留下的伤疤也特别深，好在自己习惯了，早已忘记什么叫痛。不像过去，每一次都痛得椎心刺骨。树隐约记得小时候身上拴过一只羊，雪白雪白的羊毛依卧在身上暖融融的，还散发出迷醉的太阳的味道。羊无聊的时候就用弯弯的两只犄角往自己身上蹭痒，蹭得自己心里也痒痒的。羊每蹭一下，自己就禁不住颤动一下，羊来了兴趣，越蹭越快，自己也不停地颤动。直到蹭得那些泛黄的叶子落下几片，羊才心满意足地停下来，轻轻地咀嚼着，两只凝望着自己的清澈黑眸盈满了温柔和甜蜜。那只羊养了不到一年，就被卖掉了。树心疼了好久，直到今天，树一想起来，仿佛村外还隐约回荡着羊嘶哑的咩咩哭喊。

稍大一些年龄，树身上还曾拴过一头猪，树真的记不得那头猪的模样了。那头猪不但整天滚满泥浆，臭气熏天，而且除去吃食和酣睡，总爱伸长鼻子在树周围拱来拱去，不长时间就把潮湿的泥土掀了个底朝天。树想起自己的根就是这个可恶的家伙给拱出来的，然后啃，踩，践踏，终于再没有机会完整地愈合。那些日子树黄皮寡瘦的像患了癌症。那头该死的猪到底没有躲过春节，被外出回来的村人一刀子捅进心脏，做了全村人的年夜饭。树这才长长地吐出一口恶气，把心装进肚子里。转年开春后，树拼了命伸展黑暗里的根，才从从歪歪活过来。

树的身上还拴过一头老牛。老牛可不像羊那么顽皮，更不像猪那么贪吃贪睡和肮脏，它总是静静地卧在树荫下，眼睛眨也不眨地凝望着远方的田野，嘴巴不停咀嚼着，仿佛有反刍不完的失落，想不完的心事似的。田野上拖拉机往来奔突，老牛极少能发现同伴的身影了，自己也难得有机会再去走上一遭。也许它已预感到大限将近，岁月留给自己的日子已经不多了。有许多次，树看见纵横的泪水顺着老牛深陷的眼窝流淌下来，却不知道怎样安慰它，只好扭过脸去，摇摇头，叹息一声，落下纷纷扬扬的叶子来。

树还记得它裸露的根上曾经坐过一个孩子、一对恋人和一个老者。如今孩子已有了恋人；恋人已成了家并且生下了孩子；老者已被自己的孩子哭泣着安葬到田野里，成了土地的孩子。世界就这样生生不息地轮回着，似乎改变了什么，又似乎什么都不曾改变。树想自己不定哪天也会倒下，化成泥土的一部分。树想到这儿心里就压上了一块石头。树想与其这样闲着，还不如趁自己还有些力气，再找点什么事情做做。树探头向村人的院子里望去，院子里一个人影也没有，只有几只脸涨得通红的母鸡扑闪着翅膀，咯咯地叫着低头觅食，风打着旋儿扬起地上的碎草纸屑，炫耀着飞向临近的院子。树拉拉另一棵树伸过来的手，另一棵树也条件反射似的点点头，表示自己也看见了。树怅然地闭上眼睛，恍恍惚惚进入了梦乡……

树醒过来时已天近黄昏。落日正一点一点融化在平原尽头。无边的黑暗不动声色地淹没过来，厚厚的积雪也不再刺眼，树感到浑身冰凉，像刚从冰窟窿里挣扎上来一般。多长时间也不见鸟儿飞过来，停在枝头歇脚了，原来隐藏在树叶深处的鸟巢也支离破碎得没有一点鸟巢的样子了，树索性用力把它抖落在雪地上。甚至对那个每天披着夜色走到村口，满眼泪水地痴望着远方的美丽女人也不再搭理，似乎它很快也要步入安息的老人后尘离去。树想树上真的没有什么事情了。树累了，倦了。树抬起头望望四野和天空，四野一片岑寂，天空高远而深不可测。树幽幽地吐出了最后一口气。

如果今夜你来到我们平原，并且留住在村子里，夜阑更深，你突然被惊醒了。你听见整个平原上回荡着咯咯喳喳的恐怖的断折之声。天亮以后，你走到村外，远远地就看见了那棵倒在雪地上的大树，四周横七竖八躺满密密麻麻的断枝，断折的茬口上无色的津液结着一层不易觉察的薄冰。

没有人知道树是什么时候倒下的，也没有人知道树为何拒绝继续活下去，从那时直到春天如期来临，我们的平原一直飘荡着死亡的血腥气息。这个冬天，树上不再有什么事情，或者说，树上的事情成了我们平原上最大的秘密。

纷纷扬扬的雪

在黑暗中，一朵雪花像弄脏的羽毛
在我眼前晃动，落在
水泥路上的坑洼里，乱草丛里，衣缝里，
落在我的皱纹里
霎时没了踪影，接着
第二朵，第三朵，第四朵……纷纷扬
　扬地落下来
……

——谷禾《一月十二日夜，降雪》

冬天的第一场雪落下来。我不知道怎样形容它们和心中的欢喜，这些叫雪花的精灵。我想到的第一个词语竟然仍是“纷纷扬扬”，在纷纷扬扬的雪中慢慢走着，偶尔望一眼擦身而过的人们，我不由摇摇头，兀自苦笑了。

尽管气象台早做了预报，并且发布了黄色天气预警，这个冬天的第一场雪，仍然落得让人猝不及防。几乎在人们走出办公室的同时，它悄然落了下来。先是不经意的一朵，我感到面颊上，或者脖子里，突然生出一丝若有若无的凉意，去寻找时却不见了踪影。接着，第二朵，第三朵，第四朵……纷纷扬扬的雪飘落下来，不是千树万树，而是漫天飞舞，落在人们的眼睫上、头发里、裹紧身体的衣缝里。耳畔突然传来孩子们的惊声尖叫：“耶！下雪了！”循着声音望过去，几个背着书包的女孩，正踮着脚，把双手伸展在半空中，一边惊声尖叫，一边试图抓着这些稍纵即逝的花儿。怔怔地望了她们好一会儿，仿佛望见了二十年前的自己。

身后的汽笛和不耐烦的自行车铃声已经拧麻花般响作一团，赶紧定定神，原来不觉中竟然走到了自行车道上。回头想向身后的队伍说声“对不起”，入目的却尽是漠然麻木的表情，心里顿然空落落的。

乘上车，满眼的雪花就隔在了窗外。想找谁说点什么，却没人有聆听的欲望。只好把目光转向玻璃外，望着更大的雪纷纷扬扬落下来，落进穿着厚棉衣的冬青和塔松上，落在行人倾斜的肩膀上和苍茫的背影里，落在汽车前灯晕黄的柱形光束上，落进柏油路面潮湿而轰响的泥泞里。我的心突然被什么揪紧了，面颊贴在冰凉的玻璃上，两行泪水竟止不住从眼窝里爬了出来。

路上的车辆越聚越多，一辆接着一辆，簇拥着，挤挨着，推搡着，仿佛一条缓慢的钢铁河流，在纷纷扬扬的风雪中几乎被凝结了。没有人说话，也没有人下车，似乎大家心里都守着一份默契，等待着河水的突然解冻。

没有被车轮碾过和行人踏过的地方依稀泛出了微微的白，落尽叶子的悬铃木半躬着腰身，试图把身上的雪花摇落下来。我就这样茫然而空洞地望过去，慢慢闭了眼。

是的，再没有一场接一场铺天盖地的雪把漫长的冬天给焐热了，让人们在贫穷却温暖的土屋里，把炉火烧得更旺，把米酒温暖，把窖藏的红薯烤得香甜四溢，三五至交围炉到斗转星移。或者一群孩子前呼后拥，踩着嘎吱嘎吱的没膝的积雪，跑到村外，疯狂追逐，大呼小叫，抓起大把的雪团狠狠地砸向对方，满身热汗蒸腾，尽情释放着郁积的野气。甚至当这个冬天的第一场雪猝不及防地落下来，遭遇的竟是怨嗔的漠然和麻木。

终于到家了。我长长舒了一口气。虽然比平时晚了一个多小时，却仍特意提前一站下了车。我在纷纷扬扬的雪中慢慢地走着，望着一朵朵雪花把满眼的天空和大地落成了皑皑的白，并且继续纷纷扬扬落下来，我不再去留意身边匆匆走过的行人，而是换上了舒心的微笑，诗意盎然地欣赏着沿途的风景。

纷纷扬扬的雪覆盖了北运河裸露的河床，覆盖了运河文化广场的厚草坪，覆盖了前边刚刚踩出来的脚印，望着从熟悉的窗帘缝隙里流泻出来的灯光，我仿佛真的风雪夜归人一样，轻轻叩响了虚掩的门扉。

夜深了，我躺卧在床上，听窗外北风打着尖厉的呼哨，卷起落地的雪花，发出飒飒的喧响，心里竟突然沉静了。也许明天醒来是一个雪后初霁的丽日晴空，也许真的是铺天盖地的皑皑银白呢！我这样想着，身体一点点打开，呼吸也分外均匀了。

田野之死

……田野的死是一种过程

一旦毁灭的飓风击倒所有站立的东西

树，草地，乃至盆景，都可以回归土地

都市，你是哪里也去不成的

你是死的最后的祭品

——苏历铭《田野之死》

在我们的念想里，和田野住在一起的，必然是错落的村庄。有土坯的或砖砌的房子，有篱笆墙里传出的狗吠和鸡鸣，有依依缠绕绿荫的黑老鸹和灰雀群，袅袅的炊烟升起在黄昏的雾霭里，有母亲的呼唤在模糊的灯影里飘来飘去。

在我们的念想里，和田野住在一起的，必然是闪亮的河流。不知道它从哪里来，也不知道它到哪里去，但那清凉的河水却是始终如一的，河水里纠缠的杂草是始终如一的，杂草间蜿蜒游动的青蛙和鱼儿是始终如一的，把青蛙和鱼儿惊得四散逃开，那凫水的孩子也是始终如一的。清凉的河水穿过堤岸流向田野，在起伏的麦浪的根部奏出了叮叮咚咚的乐音，没有人能看清它怎样流向每一片麦叶，但当月光升起来，你分明从每一片夜风中摇曳的麦叶上都看到了河水粼粼的波纹。

在我们的念想里，和田野住在一起的，必然是无边无际的庄稼。金黄的麦浪一波推着一波涌向天边，接着是豆荚开门，玉米吐穗，棉桃噗地咧开绷了一个盛夏的笑脸，红薯秧子密密地绞缠着，贴地扎根，仿佛剪不断理还乱的乡村爱情，潜藏在薯叶下孕育小生命的云雀突然飞起来，欢叫着，盘旋着，越升越高，把你痴痴的目光一直带向无限透明的蔚蓝。

在我们的念想里，和田野住在一起的，必然是斑驳混杂的树林和明灭的野草。树木的品种无一例外地低贱，野荆，曲柳，苦楝，白蜡条，山茱萸。春去秋来，野花寂寞地开，野果寂寞地红，对应着贴着地面寂寞生长的野草的明灭。如果恰好有一对男女走进来，一直走向树林和野草深处，然后神秘地消失，你可以想象接下来的故事，也可以想象没有任何故事发生。

是啊，对应着这如花似玉的田野，什么样的故事能一点点沉淀在心里呢？

在我们的念想里，和田野住在一起的，必然是数不清的、道不出名字的动物。麻雀和田鼠当然是最不客气的一族。秋风来临，麻雀们密密麻麻地在头顶红米的高粱地盘旋飞翔，全然忘记了稻草人的驱赶。田鼠则昼伏夜出，目标盯准了鼓胀的豆荚，它忘了身后的草丛里，黄鼠狼和红花蛇正伺机而动。野兔则竖直了耳朵，一边偷青，一边警惕地四下张望，似乎入侵者的脚步随时都会响起。蟋蟀和蝈蝈则拉开了架势，吹拉弹唱的交响盖过了秋风的喧腾，闹得孩子们心里越发痒痒的，呼朋引伴，披着夜色，循着声音扑过去。揿亮电筒的瞬间，世界突然安静下来，仿佛万物都停止了呼吸。只有不识趣的昆虫们纷纷围拢过来，翅膀儿“嚓嚓”地撞击着灯泡。只要小小的光源不熄灭，它们是决不作罢的。

没有人能说得清，田野的死是从什么时候开始的。田野的死是一个过程，不单单因为城市的扩张，而是它自己在一点点死去。

斑驳混杂的树林消失了，代之以高大挺拔的泡桐和白杨。明灭的野草剔尽了，满眼都是错落的蔬菜大棚。再没有红男绿女消失在树林或野草深处，一路奔驰的皮卡满载蔬果驶往城里。

河水不再闪亮，而是渐渐变成了暗绿的溃疡。水底也不再有杂草逶迤，更难得见到青蛙和鱼儿的身影，孩子们都成了旱鸭，呆呆地望着日渐干涸的河床。即便月白风清之夜，摇曳的麦叶奏出的乐音也带着飒飒的干涩。

庄稼依旧无边无际，散发出的却是浓烈的农药气味，麻雀和田鼠早成了泥土和肥料，哪里还有黄鼠狼、野兔和蛇的踪影。蟋蟀和蝈蝈的演奏大厅搬到了拳头大小的笼子里，再不见孩子们披着撩人的夜色把电筒揿亮，小飞虫只在电脑里不屈地扑向光明。

村庄空荡荡地寂静，能干动活儿的青壮年都去了城里，只剩下了稀稀拉拉的老人和无法带走的孩子。麦浪依然涌向天边，但麦子仆倒之后，却难见豆荚摇铃，玉米秀穗，棉桃噗地咧开绷了一个盛夏的笑脸。剪不断理还乱的乡村爱情，只剩下了遥远的传说。谁痴痴的目光还会一直望向无限透明的蔚蓝呢？

在我居住的北京东郊，越来越广大的田野被撂荒，夏秋季节还有喷绿的野草生机盎然，每当冬春，极目却尽是苍茫的荒芜，北风卷起遮天蔽日的沙粒，霎时就遮没了村庄和更远的城市。我的田野在一点点死去，不单单因为城市的扩张，而是它自己在一点点死去。

看不见的城市

……被粗大的钢缆吊向高空

在大风中哗哗翻动

一次又一次，从脆弱的图纸

到红色打桩机

而后，它成为立体的复制品——街道。马

路。缓慢的钢铁。草莓颜色的

公园。超级市场和孤儿院。

——谷禾《城市》

城市正以前所未有的凶猛吞噬着我们曾经赖以

存身的田园，但我们却看不见它，这头千手千眼的庞然大物正被更大的喧嚣，更辉煌的灯火，越堆越高的垃圾一点点淹没。

人们在街上走动，彼此都互不相识。初看上去，能想象出他们的各种境况，相遇、对话、惊奇、爱抚、痛苦，可是竟然谁也不和他人打招呼，他们的目光相遇时，仅仅彼此对视一秒钟，然后转移视线，去继续寻找其他的目光，永远不会停留下来。不管毗邻的屋子里发生了什么，都和我没有丝毫的关系，很多年就这样相安无事地住了下来，一架全封闭的电梯驮着我们上上下下，一次次不期而遇后，再相遇我们会互相笑一笑，点点头，却绝不攀谈一句。是啊，说什么呢？打开电梯后要进入的是另一个排他的世界。我不愿意既有的平静和平衡被打破，你也不希望吧。

一条街从城市的中心出发，轰隆隆驶向郊外，带着它鳞次栉比的高楼大厦，带着它喷溅着热辣辣汽油味的汽车，带着它的图纸、塔吊、红色打桩机，带着它草莓颜色的公园、超级市场和孤儿院。带着它灯红酒绿的欲望和遮天的尘埃，它的终点难道是破落的乡村墓地？

站在任意一座立交桥下，你都能感受到头顶的钢筋和脚下水泥的战栗，渐渐地，这种战栗竟然带动了你整个肉体和内心的战栗。那是死亡临头的绝望的战栗，我逃开的瞬间，迎面的汽车急刹和车窗里伸出的那张因为愤怒而变形的脸，和你一起上演了活生生的马路惊魂。你再顾不得体面，失魂落魄地闯进了另一座熟悉而陌生的建筑。

但在这里，你却再一次迷失了方向（当然，对你来说，这已经是第 N 次的迷失）。完全相同的格局，完全相同的门和窗户，完全相同的紧张工作着的人们，他们身着相同的服装，脸上带着相同的职业微笑和疲惫。他们都对你摇头，没有人告诉你哪里是出口，你我只能没头苍蝇样乱撞，一次次迷失自己。

夜幕降临，无边无际的喧嚣丝毫没有停息的趋势，辉煌的灯火却突然亮起来，窗帘后的灯光也次第亮起来，这个城市眨眼变成了一座烧红的海洋。举头不见星星和明月，低头也不见霜迹和故乡，只有倏忽闪过的车窗里那一排排模糊的面孔，闭目养神的，昏昏欲睡的，也有为了躲开车窗内外的喧嚣，干脆用耳机把耳朵塞了个严严实实。站在一百〇八层楼窗前的女人，一次次要把翅膀张开，却总在最后的关头突然丧失了勇气。她告诉我说：你知道窗外这万家灯火在我心里是什么吗？是鬼火！而这个城市就是一片最黑暗的墓地，我看不见它看不见它看不见它，所以总是在最后的关头突然丧失勇气，你说窗外那么黑，我一个女人能飞到哪里去呢？

比太阳起得更早的清洁车里装载着霉变的食物和菜叶、用过的包装纸和垃圾袋、废旧书报、拆开的信函和扔掉的电池、牙膏皮、废灯泡、玻璃瓶、打碎的餐具和松耷耷的安全套、一次性输液器和各种颜色的卫生纸。滴答的污液从铁皮缝里溢出来，几只苍蝇兀自岿然不动。我们总是看见一辆辆清洁车满载着这个城市制造的垃圾穿过黎明的寂静飞向郊外。至于清洁车把这些垃圾运到哪里，似乎从没有人问过。但我想肯定是运到城外，城市在不断扩大，清洁车就得越走越远。更多的高楼大厦无可选择地建在了垃圾之上。两座城市之间的村庄已经被夷为平地，一望无际的田园变成了垃圾山，互相支撑、重叠、混杂在一起。

在这座看不见的城市里，我像一粒尘埃一样快乐地活着，靠吞噬垃圾成长，在轰隆隆的喧嚣里把满城的灯火烧向灰蒙蒙的天空，把铁甲长龙的清洁车赶向遥远的大海里去。

一个人的河流

我熟悉这条河流：

古老的、幽暗的河流

我的灵魂已变得像河流一样深沉。

——兰斯顿·休斯《黑人谈河流》

（申奥　译）

河流不舍昼夜。甚至在梦里，我也能感觉到你奔腾的喧响。我的河流从最高的雪峰出发，一滴一滴融化的雪汇集成涓涓细流，穿过高原的一路上接纳了更广大的水，你的奔腾开始卷起层层细浪，你把饮水的羊群和白云留在岸边，一头扎进了旷远的沙漠。你孤独的跋涉时时与死亡相伴，奄奄一息的旅程曾经被漫漫黄沙掩埋，挣扎着活过来时，映入眼帘的却是黄土高坡的苍凉。五谷在大片干枯，树木斜依着乱蓬蓬的蒿草，沿岸的子民瘦骨嶙峋，他们沐浴着灼人的热浪把空空的水瓢举向上苍：水，水啊——你劈开黄土的到达让他们的眼睛溢出了顶礼膜拜的喜悦光芒。你的心里幸福又凄凉。留下五谷的福祉，继续不舍昼夜地奔腾向前。

穿过一座座山一道道梁，一次次战争一场场瘟疫，穿过纵横交错的千沟万壑和卷帙浩繁的竹简帛书，无数次跌倒了又爬起来，撕碎了再粘起来，你终于来到了这片沃野千里的平原上。你青绿和蓝碧的皮肤已变成大地的苍黄，但你浩浩荡荡，横无际涯，朝晖夕阴，从不曾有过的平静、开阔与从容。仿佛一个历尽沧桑的老者，一路的坎坷与遍体鳞伤都化成了面向海洋的微笑和安详。

我的河流啊，你走出了两边高高的堤岸。仿佛光在阳光中闪烁。仿佛琴弦，在春风摇曳的麦叶上起伏。通过粮食和蔬菜，通过饥饿和干渴，走进了我们的肉体，化成无数条纵横交错、密如蛛网的血管和经络，继续以另一种形式不舍昼夜地奔流。

这一过程漫长而短暂，繁复而简单，错综复杂而秩序井然。这构筑了我们躯体的秘密的河流啊，这哺育了我们血性的乳汁的河流啊，就这样让我们诞生，让我们走出岩洞和森林，尝试着在大地上健步如飞地四处走动，建筑和破坏，生殖和传宗，成为世界的王，万物之灵长。

我的河流啊，在人类没有诞生前你就已经在流淌，已经像茂盛的藤蔓一样，在大地上生根开花，蜿蜒逶迤。那些星罗棋布的湖泊和果园是你开出的花儿，有的芬芳四溢，有的光鲜照人，蜜蜂携带着甜津津的蜂箱跟踪而至，蝴蝶从不被嘲讽为采花盗转世。如果这时花朵的宫殿里有女人歌唱爱情，一定是河流养育了她纯银的嗓子。逐水而居的城市和村镇则是河流结出的果实，有的饱满圆润如少女的红唇——即使如红唇也终将在岁月的轮回里暗淡下去。也有的干瘪枯萎如老妇的乳房——干瘪枯萎是因为人类亿万斯年的吮吸。

时光慢慢老去，你已不像年轻时那样清澈甘洌，眼睛里充溢着热情的火焰。你变得桀骜不驯，烦躁不安，夜深人静时还会发出剧烈的咳嗽，你带来了越来越多的灾难、疾病和死亡。在这片沃野千里的平原上，你的流淌里不再有青蛙、蟾蜍、形形色色的鱼类以及虾米，你毒雾蒸腾，日夜喷吐着黄褐色的泡沫，散发着刺鼻的腥臭。你所经之处，庄稼大片大片死亡，牲畜眼睛里的光明被一点点取走，古老的村庄一片死寂，只有簇拥着祖坟的一排排新坟，无言地诉说着对命运的抗议。

难道你忘记了这些花儿和果实是结在你藤蔓上

的孩子吗？她们吮吸你也感恩你。你却视而不见，继续不舍昼夜地把灾难和死亡带向更多的村落和城市。

我的河流啊，我更愿意你是亿万斯年之前天空飞离大地时留下的一道秘密的闪电或者抽打着人类不断高涨的欲望的疼痛的鞭子。太阳和月亮，仅仅是你定格在白昼和黑夜的反光，照耀着大地万物的生活，也警醒着人类守护好逐水而居的家园，不要以为你已经干涸，不要以为河床上堆积的只有沙砾和白骨，你仍在大地的深处不舍昼夜，人类的血脉里和眼睛里正澎湃着久远而永恒的回声。

“逝者如斯夫！”

我的一个人的河流啊……

路上的车祸

形形色色的死其实和活着没任何关系
譬如人的死，树的死，田野的死，河流的死
天空的死，爱情的死，性的死
一个国家和民族的死
总有一天我也会静悄悄死去，而且不能选择其一

——谷禾《小事件》

从我居住的北京东郊到杂志社所在的北三环中

路，要横穿过北运河、通州新华大街及京通快速路、东长安街、三环主路，几乎隔不了几天就碰到车祸发生。从开始的心惊肉跳到如今的麻木不仁，我常常怀疑自己失去了做人的良知，或者染上了某种心理疾病。在这个以堵为荣耀的时代，正在疾行的车子突然一个急刹，然后，车里的人惊魂不定地望向窗外，早已见惯不怪。

我把脑袋伸出车窗外，望见许多人也在把脑袋伸出窗外。路边的人把一块空地围拢了，更多的人还在继续围拢过来。互相交头接耳，唏嘘感叹着。我猜肯定是出事了，弄不好还闹出了人命。我的目光越过围观者的头顶，果然看见了路面上的一大摊血。一个人一动不动地仰躺在那里——根据他的体型判断应该是一个成年男性——看不清他的脸——他的脸已经撞得不成样子。他躺在那里，仰面青天，却再看不见青天……他肯定已经死了，要不然，不会迟迟不送往医院抢救。他孤单地躺在那里，围观者指指点点，却没有一个人走近。我想那里肯定没有他的亲人。此刻他的亲人一定在另外的什么地方，尚不知道这里发生了车祸，更不知道这起车祸夺去了他们亲人的生命，并有可能从此让他的家庭走上另一条完全不同的路。

正对着死者不远的地方停着的那辆丰田花冠一定是肇事车，它的右前灯已经碎成蜂窝，车子的右前轮卡着一辆装载着废纸箱的板车——废纸箱稀里哗啦散落了一地。我据此判断死者应该是个收废品的走街串巷的人。在千里之外的家里，他的老爹老娘、妻子和孩子正等着他把收废品赚的钱寄回家里。但他就这么走了，跟谁也没有打一声招呼。

警车在更远些的地方停着，几个警察正在用皮尺横着竖着反复丈量从生到死的距离（有什么用）。另一个警察在低头问讯那个蹲在地上、脑袋垂到裤裆里的肇事司机。围观者的包围圈越缩越小，我距离死亡的瞬间却从十多分钟渐行渐远到了二十多分钟。

我突然想，如果不是今天早晨多睡了十几分钟，现在躺在地上仰面青天的会不会是我这个百无一用的诗人。现在，是这个收废品的年轻人代我去赶赴了死亡的约会。

一个生命就这样戛然而止了。他的身体还在，但他却已经没了。就这么被一辆车撞了一下脑袋，他就头也不回地离开活着的人们，朝着相反的方向去了。他躺在那里，心中已经没有了爱，也没有了恨，只剩下了平静如斯的一具尸体。如果有机会伸手摸一摸，它的温暖肯定已经散尽。

此刻他的亲人们在干什么呢？也许他们正在掰着指头掐算他的归期，合计着他挣回的钱怎样花销，犹豫着他回家的第一顿饭做什么他最爱吃。他们不知道他已经在路上，已经进了家门，已经扑倒在他们怀里哭诉自己并不想死去。

几年前我还在河南乡下的中学教书，有一天早晨，邻居大妈告诉我说她夜里做了一个恐怖的梦，梦见自己儿子的头颅里长满了蛆虫。她正要给我说事情的过程，她的女儿慌里慌张地赶了来，说妈不好了，我哥在海口出了车祸，他喝醉了酒，过马路被汽车撞碎了脑袋……我在南方工作的童年伙伴，寻死觅活地要辞了工作回家看看，任谁都劝不下来，而且归心似箭。结果下了火车没走出一百米，就被迎面开来的汽车夺去了生命。

人命关天，死亡却来得如此简单而突然。一切就像命运，你根本不可能察觉，更无从把握和反抗。就像我身下的汽车，因为这场车祸在此停顿片刻，然后随着前边的车辆缓缓离开，并且渐渐提高速度，向着下一个车祸现场越驶越近。

我在一首诗里写道：形形色色的死其实和活着没任何关系／譬如人的死，树的死，田野的死，河流的死／天空的死，爱情的死，性的死／一个国家和民族的死／总有一天我也会静悄悄死去，而且不能选择其一。

因为这场车祸，我反复回想起这首诗，并且在文章的开篇和结尾重复引用了两次。

撂荒的家园

家乡啊，我的牵肠挂肚

就像你刺槐上的鸟巢

把满树星光捧起，又尽数漏掉

——谷禾《一夜家乡》

家园撂荒了，田地里再不见人声嚷嚷，一座座坟包扯拉着手，把黑黢黢的村子围在中间，远远望过去，就像风卷过后扔下的土坷垃，被某种神秘的力量推动着原地转圈。风还在继续吹着，不过相比先前已小了很多，沙——沙沙……仿佛它身体里有一条悲伤的河流在缓缓流淌，河水浑浊，幽暗，在黑暗中奔跑着微暗的光。

我是一个背叛了家园的孩子，现在我回来了，我身无分文，还随时准备着离开，这样的家伙如果不是乡村的逆子，也一定是没出息的孬种。

这些年我差不多走遍了世界，看遍了外边的热闹，我以为自己看透了，看倦了，不想再走动了。可是离村子越近，我的心情越是忐忑，不是担心被拒绝，而是又滋生了再次出走的想法。眼见着家园撂荒，我竟没有丝毫的痛惜，更不用说肝肠寸断，我弱小如草芥，当然无法改变什么，但什么时候也成了铁石心肠，我还是从前的我吗？

这些年我在这个城市里忙忙碌碌，白天我人模狗样地走进一座楼，看稿，校对，编辑杂志，接待往来的客人。我的身边蠕动着更多疲于奔命的蚂蚁，这会使我不至于感觉特别孤单。晚上我邀朋友到酒吧里喝酒，不停地拨打电话，与陌生的女人调情，或者回家与妻子做爱，呵护着一双儿女天天向上。更多的时候，我躺在被窝里，对着空无一物的天花板发呆，等众人睡去后忽然又爬起来，写下些短短长长的句子，利用这样的方式抱紧自己，快乐或者忧伤一会儿。这时候我就是一只躲在洞里的耗子，就想一辈子躲在洞里。这个城市像一张大饼不断摊向郊区，高楼大厦越长越高，但它们不是属于我的，我永远是匆匆的过客。

撂荒的家园在风中战栗。这片曾经插根车杠也能长出辆马车来的土地，再不见黑黝黝的泥土在犁铧之下翻起层层细浪，空气中弥漫着令人迷醉的生殖气息。再不见男人们绷直了脊梁，在麦海涌动的潮头上逆光劳作，女人们满脸健康的红晕，仿佛苹果在不断溢出内部的光。六畜不再兴旺，五谷不再生息，河床干涸如瓦砾。通往城市的道路上，乡亲们的身影愈益苍茫，低矮。

到处枯草飒飒，点过火的地方残留着一片片焚烧的余烬。树木弯曲的姿势让我感慨风雨的锋利，青苔泛绿的屋檐下，垂挂的辣椒虫迹剥蚀，我的父亲和母亲相对而坐，傍晚的太阳照耀着他们满脸的斑纹。墙上唯一的合影照片泛着深度的枯黄，照片后排左一站着的那个灰头土脸的男孩子不再是我。在城里生活的这些年，我已经被修改得面目全非，完全变成了另一个人。前排坐着的老师多年之前已经死去，现在他埋身旷野，成了荒芜的一部分。合影中的其他人也好不到哪里去，他们也在被时间修改，并且将和我一样不可改变地追赶老师而去，直到这张唯一的合影照片成为空白。

家园撂荒了，但我不是叶赛宁。我从遥远的城市里回来只是为了小坐一会儿，我累了才想起它，就像你困了想找一张床，但来到床前才发现它已经变成了一个无底深渊，而且从里面嗞嗞冒出透骨的凉气。现在你只想尽快抽身离去。我只是一个乡村逆子，一个没出息的孬种。待一会儿我就把粮食扫荡干净，背着父亲和母亲上路。我的怀里藏着足够的火种，上路之前，我准备把撂荒的家园一把火焚烧干净。

远去的亲人

这世上没有一样东西我想拥有。
我知道没有一个人值得我羡慕。
我曾遭受的任何恶祸，我都忘了。
认为我曾是同样的人并不使我难为情。
在我身上我没感到痛苦。
当挺起身来，我看见蓝色的海和帆。

——切·米沃什《礼物》

（杜国清　译）

夜深人静，我的身体里会清晰地传来流水折断的声音，咔嚓的碎裂声不断扩散，让我痛得差点从床上跳起来。我知道，我又一个亲人远去了，他在用疼痛向我告别。我不知道怎样才能平静下来。

二十多年前某个春节的黎明，父亲带着我去给死去的亲人们上坟。父亲在曾祖父和祖父的坟前摆上了提前备好的年夜饭，深深地跪下，点燃香火和冥币。行完整套仪式，父亲指着我脚下说，你站立的地方就是我死后的位置。父亲的食指继续指向我的身后，接着说，那里是你将来的位置，无论走去多远，将来你还要回到这里的。父亲的语气表明他对此深信不疑。我的心里一阵紧缩，我下意识地望向四周——夜色此起彼伏，星辰黯然，一座座坟头肃然耸立——仿佛远去的亲人在一起注视着我。我第一次听到了死亡脚步的迫近，尽管后来我再没有去过，我的一部分却从此留在了那里。

我的祖父选择了秋日的下午远去，他对父亲说，上路的时间到了，给我把寿衣穿好，让我躺到棺材里去。他躺进去，微笑着闭上了眼睛，渐渐关了呼吸。合上棺盖的那个夜晚，父亲听见木头开花的声音不断传来。父亲说那是亲人们在催促祖父上路。说这些话的时候，父亲刚刚人到中年，对宿命充满敬畏。

死是生的开始，生是死的结束。死即是生，生即是死，死死生生，生生死死。人其实不过是种植在大地上的另一茬庄稼，被万物的主宰从高处默默注视着，以各自不同方式讲述着自己的一生。六十五岁的父亲从没出过远门却也看尽了沧桑，他颓然坐在我对面，目光清澈而空洞。我很快也要远去了，父亲淡淡地说，我已经听见了亲人们的召唤。

我舅父十年前就远去了。四十七岁的他不愿这么早撒手。“我上有八十老母，儿子女儿还没有成年……”但有什么办法，不断扩散的癌细胞已经斩断了他回来的道路。我的外祖父现在仍然活着，他极少说话，每天早晨微笑着去田里干活，傍晚慢悠悠地走回来。村里人们却说他儿子走得太早了，留下老头子活着替他受苦。

这些年每一次回到村里，总有一些人远去了，有年老的，年轻的，有孩子，甚至有没来得及出生的胎儿。他们有生病病死的，溺水淹死的，喝药药死的，上吊吊死的，还有触电电死的，遭受雷击劈死的。有我认识的，更多是我陌生的。远行的路上，他们是不是一路相伴？可曾感到孤单？是否像我牵挂他们一样，对活着的亲人们牵肠挂肚？

我在一首叫《亲人们》的诗里这样写道：四十年前，我还没有出生，只把母亲当亲人／三十年前，我九岁，把所有的饭当亲人／二十年前，我十九岁，只把青春当亲人／十年前，我的父母，妻子，儿子和女儿，是我的亲人／踩着四十岁的门槛，所有的敌人和亲人，你们都是我的亲人／当我八十岁，睡在坟墓里／所有的人都视我为亲人，但他们已经找不见我——//……这一撮新土，这大地最潮湿的部分——

今天，望着亲人们一个个先我远去，我的悲伤也只有一点点。当我挺起身来，即使看不到蓝色的大海和帆，我也会拍拍他们的肩，祝福他们一路顺风。

黑暗中的花朵

因为这朵花，我开始热爱所有的道路
所有从道路上走过的人，
这时候我的快乐和忧伤都是赤裸裸的
我守望着这朵花
并一千次一万次指给你们看，说——
看，一朵花……

——谷禾《因为一朵花……》

美目流盼或神情黯然——花朵的怒放或凋零我曾无数次目睹。喜或悲的情绪弥漫心胸，不仅因为所有的花儿都逃不脱零落成泥的命运，还因为眼前的灿烂或残破，总使我不由得联想到更多。也许是我早患上了文人墨客“感时花溅泪，恨别鸟惊心”的多情症，一面却又放任情绪神游八荒。

而我为什么独铭记黑暗中的花朵？它的奢华荣耀，它的千姿百态，它的瞬间一生。如果被黑暗遮没，对观察者来说，它是不是已形同乌有？

但我的确看到了它。在淤积的黑暗中，它用内心的光照亮自身，而且把围拢的黑暗驱逐开去。它真实而虚妄，让我伸出的手不得不停留在半空中。这是否因为我在黑暗之前就看到过它？或者它曾在花圃以及田园，被小心地呵护，被任意地践踏，星星点点都惹人怜爱？

在并不漫长的一生中，它总是紧紧跟随着我，推开一扇扇紧闭或虚掩的门扉。但此刻，它在黑暗中的样子，已经完全不是我的记忆和想象——它的颜色、形状、大小，都已经发生了质的改变，或者已经以另一种状貌把自身的美和力量顽强地呈现出来。

我以手触摸它——仿佛在触摸陌生女人的肌肤或芳香涌动的海洋，以及失明后的博尔赫斯心中涌动的老虎的金黄——它的存在因为什么变得如此强大?

在黑暗中，也许你根本看不到它，或者它已借着黑暗离开，但空气中弥漫的香气会告诉你它的存在。哪怕只有一朵，哪怕在岩石之下，也会充满整个空间。它用香气固执地证明着自己的存在——在这间屋子里，在旅途，在世界的每一个角落。一朵花，以及它背后的秘密。

如若它是一个女人，它的眼睛里一定盈满了白花花的乳汁；如若它是一匹马，它一定辔头鞍鞯，载着亲爱的人远走天涯。不！它只是太阳和月亮怀抱着的摇曳的灯盏，只是捧在星星的掌心里的小小露珠——

但现在，我看到的它只是一朵花——柔弱无

辜，楚楚可怜。被风吹拂着，在黑暗中逐渐归于寂静——因为你的视而不见而无限趋近于死亡——来于尘埃而归于尘埃。甚至在黑暗中，它只是来源于我无端的想象的虚无存在。

因为一朵花，我跋山涉水
穿过滚滚红尘，我来到的地方
拥挤又荒凉，人们忙忙碌碌，
似乎熟视无睹
因为这朵花，我开始热爱所有的道路
所有从道路上走过的人，
这时候我的快乐和忧伤都是赤裸裸的
我守望着这朵花
并一千次一万次指给你们看，说——
看，一朵花……

但谁能告诉我：这里是哪里？

我写下这些迷茫的文字只想借此告诉你，任何花朵都不应被忽略，即使它在黑暗中，即使深埋在记忆的地下，即使它仅仅是一朵——一朵罪愆之花。

即使你根本没有看见！

摘野菜

惊蛰的雷声还没有从头顶滚远，披红戴绿的野菜芽眨眼间就拱破土皮儿，蓬蓬勃勃地占满了田野的每一个角落。田间地垄，沟坎渠畔，岗头水岸，有泥土的地方就少不了野菜亮晃晃的身影——狗拉秧，色拉秧，羊蹄子棵，灰灰菜，银银菜，星罗棋布，万头攒动，满眼都是的。其中味道最鲜，也最受大人和孩子们青睐的，当数油绿叶片镶浅紫边儿的荠菜了。那时候，只要走出村口，远远地就能看到这种野菜的身影。麦垄上，菜畦间，由着麦子和蔬菜疯长，也藏掖不住荠菜的倩影。生得晚的，碧绿娇嫩，玲珑透明，叶儿披着薄薄的紫纱，高雅脱俗；生得早的，头顶着几粒细碎的白花，风韵绰约，惹人眼红。孩子们蹲下身，大呼小叫着，一边飞快地把一棵棵荠菜连根拔起，放进随身的竹篮。

天空如蓝水晶，云朵是白棉絮，一望无际的麦田随风起伏，傍晚的阳光把远近的树木镀得恍惚如在梦中。竹篮里的野菜渐渐多起来，心里的骄傲也溢满了，荠菜特有的苦涩香味沾上手指，沁入肺腑，让人沉醉，让人憧憬，让人莫名地兴奋。回到家里，母亲会小心地摘去菜根，放到清水里淘洗干净，或拌入面粉上锅蒸熟，再盛出来，掺入蒜泥、酱油、味精和香油，每人一碗分给全家人，或直接用盘子盛了，端上餐桌，和调好的甜面酱放到一起直接生吃。生活殷实的人家还会拿刀切碎了，掺入特意买来的肉馅，再磕两个鸡蛋进去，用力搅拌均匀了，做成味道特别鲜美的野菜饺子，让人至今想起来仍然舌根生津呢。

摘野菜其实更多是一种泛指，它包括了到田野里挖野菜，还有爬上树捋柳芽、够榆钱、打槐花以及下到河里捞荇草等。捋柳芽和够榆钱的季节要比挖野菜早些，一马当先的理所当然还是我们这些十来岁的男孩子。大家各自选定了目标，把木质坚硬的树枝做的钩子放进竹篮，再把一端拴着竹篮的绳子系在腰间，甩了鞋子，吐一口唾沫，在掌心反复搓一搓，双手搂定树身，用力向上，噌噌几下就轻灵如猿猴一般爬到了树的高处。选定安全的树杈坐稳了，把篮子提上去。近的枝条，我们就伸手够了捋；远一点的，篮里的钩子就派上了用场；有的枝条实在太远，钩子也够不到，但枝上的柳芽或榆钱却多得诱人，胆子大的孩子干脆摇摇晃晃站起来，一只手抓牢了最近的树枝，尽力把身子和腾出来的手都倾斜过去，仿佛要飞起来似的，真有股不到黄河不死心的劲头儿。这时如果碰巧有风吹来，他的整个身子都会随着树枝剧烈地摇晃不停。树下的大人把心提到了嗓子眼儿，却不敢出声，唯恐惊了孩子。有的甚至闭了眼，再不敢看。树上的孩子虽然分外镇定，但把够到跟前的枝条上的柳芽或榆钱摘下放开后，紧紧抓牢树枝的手掌心里已经沁满了细密的汗珠。树下的大人们悬着的心这才放下了，强令孩子赶紧下来。孩子们逞完了强，也乐得顺水推舟，送大人一份人情，乖乖地答应了。也有的孩子牛得很，拿大人的命令当耳旁风，继续得意忘形。我就犯过这样的晕，一不小心从十多米高的树上掉了下来，如果不是腰间的绳子帮忙，不摔个粉身碎骨，怕也要头破筋折了。虽然最后安然无恙，却让大人们惊了个魂飞魄散。但到了下一个春天却依然故我，早把去年的惊险忘到爪哇国去了。

捞苲草的安全系数就大多了，只需去村里竹园砍一根足够长的竹竿回来，在一端绑上几根铁钩，去到村外池塘或流经我们村前的练沟河里，把竹竿伸进水深的地方（也是苲草茂盛的地方），用力拧几圈儿，拉回竹竿的同时就把许多苲草带上岸来了。回到家，大人会把老的苲草摘去喂猪，只留下开春后萌发的新叶，也掺入适量的面粉，上锅蒸了再放入蒜泥、味精、香油拌过，端上饭桌还带着浓郁的鱼腥，孩子们却爱吃得很……

如今村外池塘与练沟河里早没了水。各家的孩子都是独苗儿，有个三长两短的谁也担待不起，哪里还有人敢让孩子去树上耍把式。荠菜也很少再见到，偶尔在饭店餐桌上相遇一回，也都是大棚里种出来的，厨师的手艺倒是精致，品尝过后心里却还是止不住地失望，总觉得少了点什么，但少点什么自己一时也说不清。

蒸馒头

真正的春节是从蒸过年馒头开始的。

腊八粥的甜香还在嗓子眼里打旋儿，各家的主妇已经迫不及待地扒开了闷藏得最密实的粮囤，脑袋拼命地伸进去，绷紧的屁股撅得老高，把还带着盛夏阳光味道的麦子用木瓢挖出来，倒进院子里盛满清水的瓦缸，一遍遍淘洗干净，摊开在被单上晒到八成干，再用干净的布袋装起来，送到村头闲了半个冬天的磨坊里。望着纷扬的雪花粉从磨面机的出口不停地喷涌出来，女人仿佛已经望见了一屉屉香扑扑的馒头，一身的劳累早飞去了九霄云外。

祭灶的香烛点燃了，零星的爆竹噼噼啪啪在耳畔喧响着，女人端出了用麸皮自制的满盆儿酵母，倒入釉光能照出人影的枣红色大瓦盆，喜滋滋地加入足量的温水和面粉，开始用目光支使男人。因为她知道，能不能蒸出村里最出眼的馒头，接下来就依仗男人的身手了。水是一样的温，面是一样的白，各家馒头的味道和色泽却大不相同，面要和到足够筋拽，才能为蒸出上好的馒头做好铺垫，这就要耗费足够的力气，任你是五大三粗的壮汉，全部的面和下来，把不住也要累得腰酸背痛。

蒸馒头的时辰人都选在孩子入睡之后，因为没有孩子的掺和，大人们可以干得更专注。灶膛里架起了最搁火的劈柴，红彤彤的火苗儿舔着铁锅，吱吱地叫着，火光兴奋地从灶门里蹿出来，映红了男人棱角分明的脸膛。男人身后一字排开的瓦盆的釉沿似乎也要燃烧起来了。

女人当仁不让地坐在了案板前，腰里系紧的水裙让她原本略显臃肿的腰身重现出昔日的线条来，正在灶膛里添柴的男人禁不住多看了几眼。女人真是心细，瞬间就感到了男人目光的热辣，妩媚而娇嗔地白了男人一眼。男人赶紧低了头。

蒸过年馒头炊具自然也比平日隆重了不少。簇新的竹箅，用稻草或麦秸纳成的锅盖也是簇新的，中间高高耸起，严丝合缝地罩在锅上，仿佛一个热气蒸腾的古堡，古堡里自然是女人的心血之作了。

女人把发到成色的面团从瓦盆里拽出来，堆到面前的案板上，伏下腰身，摊开，揉到一起，再摊开，再揉到一起。几次反复之后，大面团渐渐被揉成了长长的一条儿。放好了，女人揸开五指，把长条儿摘成一个个小面团，再把小面团捂到手掌下，反复揉搓。这一道工序最能显示女人的手艺和水平。手不能捂得过紧，也不能过于用力，否则难以成型，更谈不上圆润；也不能捂得过松，用力太小，太松太小，蒸出的馒头会寡淡无味。

馒头花样还真是不少。个儿小一点的俗称“小馍”，是全家人过年的主食。“大馍”里边要包进去几颗大枣，顶端还要粘上一个用面和枣子做成的枣花儿，主要用作探望长辈的礼物。“枣山”是最为壮观的，女人们要在蒲扇大的面皮上用面团和菜刀做出鱼米稻谷等逼真的图形来，再疏朗有致地嵌上些精选的枣子，好在除夕之夜祭祀天地，祈求来年五谷丰登。包进各种荤素馅儿的自然是孩子最爱的包子了。等锅里的水烧到吱吱响，女人就掀开锅，把做好的馒头放到竹箅上，馒头之间自然要留出足够的距离，好让馒头自然膨胀。女人小心地把锅盖严实了。灶膛里噼啪的火焰欢呼雀跃起来，约莫两支烟的工夫后，一锅雪白、暄腾、香喷喷的馒头就轰然出屉了。

如果有精力特别旺的孩子支撑到这时，他会禁不住第一个把手向那些馒头伸出去，做父母的小声地呵斥孩子不懂规矩，眼睛里流淌着绵绵的怜爱，一边却把热腾腾的馒头递了过去。

我还是孩子的时候，曾因为偷吃邻居送的馒头招致母亲一顿好打，也享受过外婆把过年馒头晒干了，一直等我到麦收前去做客才舍得重新做的美味。现在，蒸过年馒头的场景渐渐成了美好的乡村记忆。妻子习惯了从馒头店里买馒头回来，那馒头的味道却越来越寡淡，也让我愈加怀念老家的过年馒头了。

打砖坯

在我们老家，如果断子绝孙是对列祖列宗不孝，有了儿子却不能为他造一座出挑的屋子也会成为村里的笑柄。父亲跟着二伯长大，婚后不足整月就另起了锅灶，造屋的事情只能自己来打理。那时我们和大伯、二伯同住在一个院子里，屋子统共不足八十平方米，却老老少少挤了十七八口，难受得很，妯娌之间磕磕碰碰更成了家常便饭，到我考进邻县师范读书，父亲终于再无法忍受，就向生产队申请了一片宅基地。二伯知道父亲的底根儿，就力劝，说造屋又不是变戏法儿，算了吧你。父亲偏不服软，一定要造一座属于自己的屋来。

父亲看好了村外一处乱葬岗子，去十几里外的镇上请了师傅来，联络另外几家造屋的人一齐动手开了一座砖窑。然后在砖窑旁整出一片空地，就近取了土，等到暑假，就拉着我一起去打砖坯。打砖坯的模具是用楸木扣制而成的，之所以不用常见的泡桐、白杨木或柳木，是因为楸木的木质更细腻，反复浸泡都不走样。板扣上口处钉一条薄薄的白铁片，光滑严实得没有任何缝隙。打坯的沙泥是头晚和好的，黏性很大，所以早晨要先把模具晾干，接着去筛好的煤渣屑里翻一翻，以防沙泥粘上模具。父亲把一块块团好的泥块用力砸进模具，拿一个窄木条儿贴着白铁片来回刮一遍，把多余的沙泥扔掉，然后端到空地中央，把模具紧靠着前边的砖坯反扣下去，一行棱角分明的砖坯就制成了。

开始我只负责给父亲递模具，几天下来也能熟练地打坯了。因为每个模具一次能打三块坯，所以一天差不多能打出近千块砖坯来。接下来还要估测砖坯干湿和天气变化，把凝固的砖坯翻转几次，将触地的一面铲平了，一层层摞起来，砖坯之间留出足够的空隙，以便让风通过，这样几天后就能上架等着进窑了。也有时砖坯刚刚打好，突然浇下暴雨来，豆大的雨点砸到砖坯上，空地上眨眼变成了白茫茫的一片，不但一天的心血全白费了，手脚慢一点，已经摞起来的砖坯也要倒霉。父亲捶胸顿足，母亲唉声叹气，连我也流了泪。好在这样的日子不多，我们还有劲头儿从头再来。

打坯是掏力吃累的活儿，约莫一个月下来，我和父亲都晒成了黑泥鳅，手上磨出了血泡，皮也脱了几层，但眼看上架的砖坯越摞越高，掐指算算，竟然足够盖一座屋了，便再抑制不住心中的喜悦。父亲却一脸厉色，摇着头说不行，说还要拿坯去换瓦，换檩条，换水泥和白灰，换给师傅们的烟酒和工费。我一边听着，心里早凉成了冰块儿。这样又拼了一个多月命，算算已攒下盖两座屋也用不完的坯，父亲才收起了一应的家什儿。

要装窑了！砖坯一层层码上去，最下层中间要留出簸箩大一片空地来。向上逐层缩小，到大半腰处才完全封闭。师傅说这叫大龙道，主火通过的地方。师傅还要我们在两层之间撒些土屑，用以催动火焰燃烧，同一层砖坯隔几行还要留出和大龙道相通的小龙道，好让分岔出的火焰到达砖窑的所有角落，窑顶也要用厚厚的沙土压实了，才能择吉日点火。我凝神听着，想象着奔腾的火焰从大龙道扑入小龙道，带动整座砖窑都轰隆隆燃烧起来，瞬间化成了一棵开满了千万朵鲜花的火焰树，竟然激动得脸儿通红，手上的砖坯差点掉落下来。

要点火了，村里人都围了来，不知道的还以为这里在举行盛大的节日庆典。随着师傅一声令下，十几道白色烟柱直冲向蓝透的天空。到第二天去看，我的想象果然应了验。眼前的砖窑哪里是银花火树，简直就是一座云蒸霞蔚的城市了，比我的想象不知壮观多少倍。几天来一直寝食难安的父亲终于安静了下来，从口袋里摸出一支纸烟点燃了，微眯着眼睛，心满意足地望着砖窑，一口接一口喷吐起云雾来。

最后的工序是洇水。窑顶摆几口瓦缸，几个人来回挑水上去添进瓦缸，缸里的水则不间断地通过一根根细长的塑料管儿沿着预留的水道从上向下洇，把上升的火焰一点点逼回窑底，直至完全熄灭。你能想象水与火在砖窑内的殊死搏斗，甚至从出窑后的砖上找到当时的惨烈印迹，但不能亲眼看到总是一种遗憾。

出窑的成砖靛青中泛白，用手敲一敲，声音带着青铜的悠扬和清澈，仿佛从远古轻盈走来。父亲喜极而泣，仰脖灌下一碗烧酒，点燃了备好的鞭炮。噼噼啪啪的爆炸声中，那青砖红瓦的新屋仿佛已历历矗在眼前了。

老井记

老井凿在村子的最后边，十多米外的小河上并排横着两根水曲柳，沿着水曲柳走过去，就是一望无边的庄稼地。麦子割了，玉米和大豆长起来；玉米秸和豆秸还没来得及运走，新的麦子又绿油油地铺满了。土地周而复始地生育着五谷，似乎从没有停下来歇口气的意思，不像老井，时不时地总要难为人们一下。

村里最年长的人也说不清老井是什么年代凿下的，但老井的故事却不少，每滴水都写满了村里人的离合悲欢。我是父母的第三个孩子，却是第一个活下来的，看手相的先生说母亲命硬，必须给我认一个刘姓女子做干娘方能留存下来。干娘是村里有名的美人，养着四个女儿和一个儿子，却并不见老，梆子调也唱得远近闻名。干爹拿干娘当宝贝，“文革”那样的环境，也撑着不让干娘下田。暑天大旱，对岸田里的玉米只有一拃高，叶子都泛了黄，卷了筒，病歪歪的。老井见底，全村的饮水都成了困难。队长急得脑门子汗淌，只好拿棒槌当针（真）使唤，让干爹领着父亲等一帮后生去老井下掏水（老辈人说老井里住着井王爷，下去掏一掏，井王爷知道田里旱了，不几天就会落下瓢泼大雨来，十分灵验）。干爹下到井底却没能再上来（站在井口的两个后生玩闹时失了手，一把锋利的铁锹直插下去，不偏不倚插到了干爹的头顶。干爹来不及哼一声就毙了命）。大难不死的父亲从井底爬上来，飞似的跑去干娘家报信。干娘正在屋里纺棉花，一边爽歪歪地哼着《朝阳沟》里银环的唱段。干娘只当干亲家和她闹玩笑，直到父亲鼻涕一把泪一把地放声痛哭不止，才扔了纺车棍儿，踮着小脚，跟着父亲去了老井边。从事发到把干爹安葬了，干娘愣没哭一声，她拖着儿女和孙子活到今天却再没唱过半句。父亲说干爹死后不几天果然下了暴雨，那年的秋庄稼也格外丰收，但从此却再没人去老井里掏水，哪怕地里旱得生烟。

井壁上的脚窝儿渐渐地不再光滑，到我能挑水时已全被厚厚的青苔覆盖了，对着井下喊一嗓子，好大一会儿还有嗡嗡的回声震荡着耳膜。村里也有其他的井，汲上来的水却都不如老井里的好喝，人们干脆都填平了，只留下老井一个。每天早晚来老井边挑水的人就特多，有时还要排队。热闹有了，由此也生出很多风波来。张家长李家短，鸡一嘴鸭一嘴，犯嘴扯舌头，男啦女啦，老啦少啦，按下葫芦浮起瓢，趣味无穷也烦得要命。村东的后生和村西的闺女天天在老井边照面，眉来眼去的日子久了，暗长的情愫在心里扎了根，来挑水的次数愈加频繁。细心的人看出了门道，却不说破，只在背后指指点点，演绎出许多故事，枝枝叶叶的仿佛亲眼所见。双方的家长捕捉到了风声，挂不住脸儿，各骂对方勾引自家孩子，再不许两人来往。偏偏两人脾气犟，性子烈，几次三番地抗争，眼见结不出果儿，竟趁着月黑风高投了老井。两家人这才后悔得不停地抽自己耳刮子，孩子却已成了僵硬的尸体。此后来老井挑水的人沉默了许多，实在忍不住的正要一吐为快，抬眼看见小河对岸两座若隐若现的新坟，立马又咽了回去。

由于父亲外出搞运输，我七岁起就帮着母亲做家务，开始去老井边挑水，水桶放到井里左摇右晃却总灌不进水，每次都要大人帮忙。人们帮我把水桶灌满，提上来，再倒一半到另一只桶里。由于我身量不够，扁担两头的绳子要挽起大半才能挑。我在人们的目送中挑起水桶，仄仄歪歪往家里走，沿途乘凉的人们夸我人小鬼大，也有的指责母亲狠心。母亲很生气，骂别人咸吃萝卜淡操心。再去挑水，指责的声音小了许多，帮我的人却更多，还有的替我挑到家门口附近，叮嘱我别告诉母亲，然后才把扁担转给我，自己悄然去了。现在想来，过早的劳动虽然让我受益终生，也确实给我带来了身体上的损害。

各家陆续都有了压水井，去挑水的人愈加少了。前段时间父亲打电话来，说村里通了自来水，那口老井也填平了，并且在井上立了一块村牌，大老远就看见我们村的名字，省得老和邻村弄混。我答应着说好啊好啊，眼泪却不能自已地流得满脸都是。

露天电影

露天电影几乎是乡村的孩子们唯一和现代文明接轨的娱乐方式。像我这样出生于20世纪60年代后半期，又是在乡村度过童年时代的人，难得还有比看一场露天电影更巨大的幸福了。

我第一次跑去外村去看露天电影还不满六岁。记得那是1973年初夏的某个晚上，放映露天电影的地点就在离我们村三公里的李英寨——一个我从来没有去过的村子。扒拉过几口晚饭，我没有给母亲打招呼，就一个人偷偷溜到了黑咕隆咚的村街上。街上竟然很久也不见人影晃过，我心里的失望可想而知。我下意识地抬头看了看天空，那里白天积聚得厚墩墩的云层，此刻已经低垂得能拧下水来，而且似乎有几颗小雨星若有若无地拂到面颊上了，凉丝丝的十分舒服。去还是不去？我在心里反复地掂量着。

怎么去？那些大点儿的孩子早已捷足先登了，即使还有没能及时赶去的，恐怕也不会带我这样一个还不满六岁的孩子。一个人去呢，想到路是从没有走过的生路，而且要穿过好几座乱坟岗和数不清的庄稼地。想到接下去可能会随时从天而降的鬼魅或者劫路贼，我似乎觉得头发梢儿直竖起来了。而且继续想到说不定早已经在家里等候多时的母亲的巴掌，我的心思瞬间就被巨大的恐惧占满了。不去吧，李铁梅们高亢嘹亮的唱腔已经穿云钻雾，越过重重叠叠的庄稼，清晰地钻进我的耳鼓，并且牢牢地揪住了我的心。看来是顾不了那么多了，我的脚步不由自己向着李英寨方向迈动了。

那晚放映的应该是《龙江颂》，因三十多年过去了，现在看到“龙江颂”这三个字，我脑海里马上又清晰地浮现出江水英的形象。虽然不知道去李英寨的路，但六岁的我相信，只要循着李铁梅们高亢嘹亮的唱腔传来的方向走，就一定能够找到露天电影的所在。

我已经无法表述一路的紧张、恐惧和兴奋，也忘记了是怎样找到的目的地，但远远地看到被风吹得高高鼓起的银幕上晃动着的变形的人影，我心里的紧张和恐惧忽然就踪迹皆无了，取而代之的是花儿般绽放的幸福和快乐。虽然第一次去外村看露天电影只赶上了一个小尾巴，而且是站在背面看完了这个小尾巴。

影片放完后，邻居桡叔在回来的路上看到了我，大为惊奇，问谁领我一起去的。我抿着嘴唇不回答，只是摇头。桡叔说，你这么翻眼（捣蛋的意思），你大你娘在家肯定急坏了，小子你等着吃鞋底吧。我心里想，吃就吃，有什么了不起，反正我挨得够多了。

跟着村里人走到小王庄村头的乱坟岗，竟然迎头望见父亲提着马灯，一路询问着找来了。我望着父亲严厉的目光，下意识地就往桡叔身后躲。桡叔顺势拉住了我的手，一边用力捏了一下，一边对父亲说，我带孩子来的，来得急，没有赶上告诉你和嫂子一声……父亲终于没有发作，把我抓过去，背到背上，随着大伙一起，拐上了回村的路。回到家，父亲只说是桡叔带我去的，母亲也没好说什么，但从此再不允许我随任何人夜里到外村去看电影。

当然了，如果赶上在自己村子里放露天电影，母亲是不会管束的。孩子们甚至晚饭也不吃，早早就搬了板凳，去电影场里抢占好的位置。电影开始了，全村男女老少几乎都齐聚了，也少不了外村的年轻人和半大孩子。熙熙攘攘，说说笑笑，议论纷纷，起起伏伏。说东扯西的，家长里短的，眉来眼去的，口角相加的，怒目相向的，凡能想象出的，无所不有，不管放映员怎样请求大家安静，也不管维持秩序的民兵们不时把长长的竹竿扫向头顶。因为那毕竟是每个村庄难得的节日啊。

二十余年后的夏天，我在镇上的一所中学教书，妹妹从村里赶去学校，告诉我母亲因为带回村里过暑假的孙女去看露天电影，回家的路上不小心一脚踩空，跌进了一个废弃的红薯窖，扭伤了腰，万幸的是伤得不重。我第二天就赶回了村里，亲自察看之后才放了心。一边叮嘱母亲再不要晚上带她出去看什么露天电影，这也才恍然明白了一些母亲当年的用心。

让我感到遗憾的是，直到今天，我竟再也没看到过六岁时那么幸福和快乐的电影了，尽管这三十多年来我曾一次次努力寻找过。

有月光

有月光的晚上，我可以忘却生活的烦恼，去到村头的树林里或小河边，去到庄稼地头或某个无人的地方，在如雨的虫鸣和蛙鸣里，在青草气息披拂的风中，安静地坐下来，回忆从前，反思现在，也想一下亲爱的诗歌，或者干脆什么都不想，把身体完全放松了，躺在松松软软的青草上，闭上眼睛，聆听月光默默流淌，在心里感慨，多少青春韶华都在这流淌的月光里老去了，多少壮志雄心都在这流淌的月光里搁浅了，淡然了，成了飘忽的传说，成了踪迹不见的尘埃。

现在，月光又溢满天空了，澄碧的蔚蓝似乎在隐隐发出银子的光亮来，如果披着衣裳出去走走，你会遇见一个高个子男人，他仿佛迷失在了月光的声音里，一边凝望着沉睡的小村和远处的田野，目光似乎也被月光溢满了。你知道这就是我了。你继续走下去，也许会遇到更多的人，但不管遇见谁，一定都是被这样的晚上所诱惑。

案上的台灯突然熄灭了，我存身的书房陷入了短暂的黑暗，与月光有关的回忆被暂时中断。我下意识地去拉窗帘，刚打开一条缝隙，交织的寒凉就落满了我的面颊。我没有避开，而是把目光继续投向了远天，去寻找丛林般的水泥高楼之间偶尔飘过的那一轮灰白。我知道，自从携家拖口在这座城市定居下来，我已经和真正的月亮，和有月光的晚上越来越生分了。

我成了被月光遗忘的人。禾苗上飘摇的月光，草尖上涨潮的月光，露珠里闪烁的月光，池塘里静影沉璧的月光，牛羊眼睛里默默反刍的月光，小河淌水亮汪汪的月光，树叶剪影哗啦啦的月光，白菜顶着雪的月光，照着我沿着母亲的唤声回家的月光，我走她也走的月光，床前照影的月光，地上凝霜的月光，还有月光里睡熟的村庄和醒着的田野，月光牵动着蛙鼓虫鸣和枝枝叶叶，被月光引诱出门的人影，似乎都成了古老的回忆。难道命定我要被月光彻底忘记？

还记得第一次出远门。五岁的我按母亲的嘱咐，穿过三个村庄和一条哗哗流淌的小河，去到三公里以外的另一个村子，给生病的弟弟抓药。我一个人上路，到那个村子，打听着找到医生，递上药方，抓了药就急忙往家赶，但赶到河边渡口，天还是擦黑了。渡口就在曾外婆家的村子旁，因为经常去那里住，那些在对岸干完农活回村的舅舅和阿姨们差不多都认识我。他们见只有我一个孩子，便要带我去曾外婆家，问清我一定要赶在晚饭前把药送回家后，就不再强留，而是把我拎到肩上，背过了河去。

过了河，我矮小的身影瞬间就融进了一望无际的庄稼地。在一片接一片的玉米林、大豆田、棉花丛和隆起的坟包间疾速穿行，路上已经稀有人影，风吹着庄稼叶子以及庄稼叶子和我的衣服摩擦发出的沙沙声，仿佛蚕儿在咀嚼桑叶。偶尔，癞蛤蟆从脚下穿过，瞬间就隐入了田埂另一边的草丛。一只鸟儿倏地飞起来，并在我的目送下，一直飞向蓝幽幽的夜空深处，飞向银盘似的月亮里去了。因为有月光带着我回家，因为衣服上、鞋子上、脸和手上都沾上了星星点点的月光碎片，我不但没有感到丝毫的害怕，而且到家后很久，心里还被巨大的兴奋和快乐充满着。

如今奔忙在这个城市里，月光已经成了巨大的奢侈。这里有灯红酒绿，有忙不完的工作和死气沉沉的子夜，有救护车尖叫着疾驰而过，有二十四小时不间断的电视节目，有印刷体的天下大事，却唯独没有月光引诱我出门或带我回家，没有星星点点的月光碎片沾上我疲倦的眉头。

……屋子里什么时候已经被柔和的灯光重新充满了。我舒了一口气，去拉严窗帘的瞬间，耳畔恍惚传来鸟儿在月光中惊起的声音——那是在如墨的田野上，又圆又大的月亮突然跃上了树梢，正在巢中沉睡的鸟儿仿佛受了惊吓，慌乱中扇动粘着月光的翅膀飞了起来，接着，许多鸟儿也纷纷飞了起来……你知道这定是我的错觉了，或者是某块废弃的砖石突然被汽车咆哮的声浪席卷着从最高的楼顶跌落下来。

听鸟记

东山魁夷把叠瀑流泉比喻为飞舞着的鸟儿，是极贴切精到的。闭上眼睛想象一下吧，暂且忽略俯仰的绿树、青草和各色花儿，仅鸟儿和着叮咚流泉的翩飞就足以令人心驰神往了，何况还有绕耳不绝的鸟鸣呢。

从我居住的小区到运河边不足千米，中间需穿过临河的文化广场。广场占地数百亩，中心部分是水泥浇筑的空地，四周则是蔓延的绿草，一直铺到了水岸边，很是奢华，也悦目得很。黄昏时分，无数的鸽子从四面八方飞来，漫步在人们身前身后，咕咕叫着，一点儿也不怯生，一会儿又突然飞起来，在人们的仰望中展翅翱翔。但每当此时，我心里却总滋生出一种意犹未尽的怅然，现在想来，竟是耳畔独缺欢畅的歌音了。是呀，自从移居到城里来，我竟多年没有享受过听鸟的乐趣了。

一位友人曾对我说，他半生最大的奢望就是能在鸟叫声里自然睡醒，而不是被可恶的闹钟从睡梦中生生地拎出来。我苦笑——不是自己不想，而是每天为生计奔波，压根儿没敢想过。回想不谙世事的少年时光，虽然早晨也要披着星星往学校里赶，但到了星期天和暑假，总能一觉睡到日上三竿。懵懵懂懂伸个懒腰，不等眼睛睁开，已经满耳鸟儿的啼鸣了。其实不用睁眼，就能轻易分辨出谁是麻雀，谁是喜鹊，谁是燕子，谁是布谷，谁是黄鹂，甚至还能八九不离十地说出谁此刻栖息在窗外的哪棵树上，是歪着脑袋缩在窝里吊嗓，蹬着细枝伸长脖子练声，还是穿梭在树叶中显摆。作为报春的天使，燕子自然是最得宠的一群，孩子们巴望着它们衔泥啄草，把巢筑在自家屋梁下，一对对哼着小调儿出门，衔着新泥回家，想着过不了多久，那巢里就会伸出几个粉嫩的小脑袋来，心里比得了老师的表扬还受用。而麻雀总是集体出场，叽叽喳喳，没完没了，鸡毛蒜皮，似乎谁少叫一声就会被当了哑巴。喜鹊则被人们亲切唤称“茶鸡”，墨蓝的羽毛永远泛着光亮，它们三三两两站上枝头时，也到了麦黄季节，黄鹂和布谷就接着大驾光临了。我以为黄鹂之所以叫黄鹂，除了声音特别清脆，还源于其长相俊美。尤其嘴角那一抹鹅黄，差不多就是女孩了眉心的朱砂痣，快到人见人爱的地步了，连大诗人杜甫也曾用“两个黄鹂鸣翠柳”的诗句表白“粉丝”心情。我在乡村生活了三十余年，却一直没有见过布谷鸟的真面目，它的啼鸣似乎总在几百米之外，但每叫一声，农人心中的骚动就涨一分，过不了半个月，他们再也按捺不住，把挂起的镰刀从屋檐下摘下来，蘸着月光在院子里霍霍地磨起来。一年中最繁忙的麦收时节终于来了。

云雀和麦溜子两种鸟儿，无论飞翔还是啼鸣，都泾渭分明。

云雀的羽毛呈黄褐色，它们总是把巢构筑于贴地的青草和薯秧下。早晨的太阳刚翻出地平线，晕红的光还没来得及把薯叶和草尖照亮，孩子们的镰刀才闪了一下，梦中的云雀就受了惊吓，突然振动翅膀，直直地升向了高空。孩子们把脸儿用力向上仰起来，仰起来。望着云雀越升越高，渐渐变成了模糊的黑点儿，终于完全融化在那无边的蔚蓝里，耳边裂帛碎玉的啼鸣却袅袅不绝，孩子们轻轻闭上了眼睛。仿佛那云雀就是自己了。想起雪莱的《致云雀》——“向上，再向高处飞翔，/从地面你一跃而上，/像一片烈火的轻云，/掠过蔚蓝的天心，/永远歌唱着飞翔，飞翔着歌唱。”（江枫　译）真实准确地传达出了云雀的精神。

麦溜子则只能在收割麦子时才能见到，而且成群地现身，它们把肥胖的瓦灰色身子藏匿在麦秆遮严的田垄，镰刀的光芒逼近，才惊惶地飞起来，却仍肚皮贴着地面，绝不发出丁点儿啼鸣，飞不过十几米，又落下去，继续醉生梦死。我担心麦垄割到头儿，它们也到了生命尽头，却每次都没见到想象中的惨象，一季麦子收完，也再觅不见它们的踪影，仿佛突然从这个世界消失了，到今天仍是积在我心底的一个自然之谜。

享受听鸟的乐趣只能在早晨，而且要在乡间丽日晴空的早晨。而黄昏是极少有鸟儿的啼鸣，不论是在城里还是乡间，突然传来几声乌鸦的聒噪，总让人联想到某种凶险的预言，心里很久都不舒服。

泰戈尔有诗："世界上一对小小的漂泊者呀，请留下你们的足印在我的文字里。"其实能留下几声欢快的啼鸣在我心里也不错啊。

看鸟巢

“在我们乡下 / 最早的巢建在向阳的坡上 / 人们在日光里慢慢变黑……// 在我们乡下 / 每棵桐树下都有一个人 / 你到门外晒衣服 / 往往能听到大雁的叫声 // 几千尺花布在空中升得更高 / 几千盏灯笼……”（祝凤鸣　作）这样的诗句不等读完，心里就被某种对田野的神秘感充溢了，眼睛也跟着湿润起来。是啊，20 年时光匆匆流逝，它却早刻在了我的心壁上。

想起鸟巢，似乎就有毛茸茸的小脑袋儿从巢沿边探出来，好奇地打量着巢外的世界呢。但我记得在老家，鸟儿生活习性不同，选择筑巢栖息的地方也各不相同的。

老家的春天是属于孩子们的，放学的钟声响过，太阳还斜挂在高高的树梢上，慈眉善目地对着甩掉了脏兮兮的棉衣的孩子们笑。孩子们则斜挎着书包，刚冲出学校的大门，就龙腾虎跃地向田野深处散去。

春天的田野上多的是麦苗和红薯秧。麦苗刚返青不久，绿得油亮亮的，攒足了劲儿往高里长，一边应着风势摇曳，望过去满眼的起伏跌宕；红薯秧却是开春后新移栽的，油绿的叶片虽也水灵得很，藤蔓却还没有搭上手，只能一蓬蓬眼巴巴地对望着。孩子们则个个鬼精灵，蹑手蹑脚地走近了，掀开散得最张狂的一蓬，不定就能见着薯秧下藏着的叫天子的巢穴呢。叫天子却睡熟了也警觉得很，一有风吹草动，瞬间就倏地飞起来，直冲向云霄，一边还鸣叫着报警，附近薯秧下酣睡的伙伴也瞬间回应着飞起来，亮嗓和鸣着，渐渐融入目光尽头的那一片瓦蓝或雪白。所以大多时候，孩子们只能失望地蹲下来，试图弄清这鸟巢的秘密。其实鸟巢有什么秘密呢，不过是疏松的泥土被扒开了一个圆圆的凹坑，里面铺上了一层细软的干草，伸手摸过去，那草竟还留着鸟儿身体的温暖呢。当然，有时也能收获些惊喜，譬如鸟儿飞走了，鸟蛋却无论如何也飞不走的，三两颗依偎着，楚楚可怜的样子总让人不忍心拿出来。何况那鸟妈还一直在头顶的天上盘旋着，叫声里都带上抗议呢。孩子们只好摇摇头，悻悻地出了地头儿，去别处玩耍了。

古诗有云：“无可奈何花落去，似曾相识燕归来。”可见燕子早就不但是人类的朋友，还是帮衬的邻居了，所以它们对孩子们是一点儿不怯生的。每年开春，燕子总是和春风脚跟脚回来。燕子恋巢很有点像人类恋家，家再贫也是家啊。但与人类迥然不同，燕子极少选择旧巢栖身，总是轻熟地找到去年的家屋，选择毗邻旧巢的梁下，全靠一张嘴，日以继夜地啄咬叼喋，衔来细草新泥，不辞辛苦地筑建新巢。每到此时，它们甚至忘了自然界还有风雨烈日，自己的身体要忍受饥饿劳乏，在人们的目光里飞出去，飞回来，再飞出去，再飞回来，循环往复。虽然常常神色凄惶，羽毛凌乱，目光疲惫，嘴角泛着血丝，却依然故我，心无旁骛。人们感动着，却弄不清它为什么偏要如此。直到屋梁下一只丝丝入扣、环环相接的新巢完美地呈现出来，燕子才住了手脚，有了些许享受春天的心情，接着才心安理得地哺养起后代来。鸟巢里有了圆润白皙的鸟蛋。鸟巢里伸出了毛茸茸的粉红小脑袋。温热的粉红渐渐变成了缎子般的深蓝。几乎眨眼间，小燕子开始跟在爸爸妈妈的身前身后有模有样地学飞了。放学回到家里，孩子们第一眼就望向梁下，见燕子的身影还在，心才落定了，却又牵挂它们哪天不打招呼就飞走了，马上又忐忑起来，全不管燕子能否感受到自己这份心情。

麻雀是最多的，雀巢当然也最常见了，尤其在冬天，晒干的薯秧从田里运回来，搭在当院高高的树杈上，就被懒惰的麻雀顺便做了栖身的巢穴。这样借来的巢省了心劲儿，却隐藏着危险。每当夜深人静，总有白天已经锁定目标的孩子们，突然扭亮了手电筒，直照过去，另一个孩子把弹弓拉满，瞄准了，啪的一声，可怜的麻雀还在梦中就懵懵懂懂地做了冤死鬼。也许喜鹊和乌鸦曾经目睹了这一切，所以选择了在更高，也更安全的树杈或枯枝上筑巢，筑巢所用大多就地取材，再从附近“抱”来些质地较硬的断枝铺底，然后垫一层厚厚的软草。这样的鸟巢遮风挡雨的效果极差，却不易被弹弓从底部打穿，安全性能还是不错。也许是它们在和人类长期毗邻而居的过程中积累了足够的自我保护经验吧。

我没在山里居住过，不知道那里的鸟儿都在哪里筑巢，现在闭上眼睛浮现出的乡村之夜，总是“几千尺花布在空中升得更高 / 几千盏灯笼”的神秘和美丽。“当人们在日光里渐渐变黑”，我尤其想念留在乡下的鸟巢了。

麦子，麦子

作为在钢筋水泥的森林里筑巢而居的家伙，我可能被村庄指认为不肖之子，但这丝毫不能减弱我对一粒麦子的敬畏。我曾在最初的诗里这样写：“褐色的麦子 / 从伏羲氏掌中的太极图里 / 垂下来 / 闪烁在我们的头顶 / 它告诉我们 / 我们从哪里来 / 我们是谁 / 我们到哪里去……”我把如此深沉的“麦子诗”拿给父亲看，父亲只是笑着摇头。那时我刚二十出头的年岁，心里颇为不服，现在想来，真是不知天高地厚。是啊，一粒麦子果真如此形而上，天下食者如何下口。所以我现在写下的仅仅是作为作物的麦子，我陆续写到的烟叶、棉花也是。

秋收后的田野渐渐热闹起来，占满的是拖拉机、牲畜、蓄势待发的各种播种农具，农人手提肩背一袋袋用作种子的麦子，围站在农具周围，脸涨得潮红。这些麦子每一粒都经过精挑细选，或者是他们花高价从农技站买来。来年的丰收愿景从一粒麦子画出了第一笔，这让他们对作为种子的麦子分外珍惜，先用簸箕去除杂物，再用种肥细细浸过，用农药拌过，再严格用秤称过，才装进布袋，背到地头，小心地倒入耧斗，吆喝上牲畜，或者开动拖拉机，播入地下。对于农人来说，播种几乎是技术含量最高的活计。入土太深，麦苗出得迟，长势不旺；入土太浅，冬天易冻坏，遇到墒情不好，心血白瞎了不算，误了农时，责任谁也担不起。所以即便请来老到的庄家把式来摇耧，自己仍要跟在后边，把耧铧划开的沟坎小心抹平。还不放心，隔三岔五去探看，约莫半个月后，眼见着泥土的缝隙里探出了一茎鹅黄，睁着惺忪的眉眼，额上顶着一颗硕大的露珠，转天再去看，鹅黄已经变成了一垄，微风中摇着透明的手掌，一垄一垄连起来，活跃了死板板的黄土，终于舒一口气，溢满喜悦的心扑通落进了肚里。他们知道，接下来的漫长冬天，可以放心地去城里打工，去看望儿孙，或者躺到床上安安稳稳地睡个长觉了。

现在，你的视野里只剩下了铺满田畴的麦苗。每一颗作为种子的麦子只能萌发一棵麦苗。涅槃而生的麦苗，茎是水嫩的白，迎着风，一两天过去，叶子就从鹅黄渐变成了浅绿。它们并不急于长高，而是贴着泥土，耐心地蹲下来，贪婪地吮吸着种子和泥土贮存的养分，攒着力气，茁壮自己的根系。过不多久，一茎麦苗变成了敦敦实实的一丛，拔出来看，那根系已经变得庞大而繁杂，仿佛历尽百年沧桑，叶子的颜色也转成了厚厚的墨绿，向着泥土匍匐下去。这时有一场大雪飘下最好，“麦盖三层被，来年枕着馒头睡”，冬天的麦子是不怕雪的，而且在张开怀抱，迎接这上天的赐予。先是风的千军万马，怀揣利刃，打着尖厉的呼哨，踏尘而来。雪接踵飘至，先是一朵一朵，继而铺天盖地弥漫开来。黎明醒时，发现风停了，雪住了，伸个懒腰，推门望出去，整个田野银装素裹，和远天连成了一体，炫目的新日隆隆驶来，光芒在雪上奔涌起伏，再分不清哪是天，哪是地，无暇去想麦子怎样扛过压在身上的厚厚雪层了。

等到雪化成水，渗入泥土，麦子再次崭露出头脸，春天也重新回到了田野。这时你再去麦地里走一走，脚板踩在垄上，下雪前干结得如同铁板的田野仿佛在发酵，疏松得让你不忍踩第二下，如果不小心踩到了麦子也不打紧，你的脚板还没来得及抬起，它已经弹簧般弹起了身子。你这才知道，这个冬天，麦子其实一直在扎扎实实地做着功课呢。

“二月二，龙抬头”，麦子也悄然起身儿了。（我家乡的农人把麦子进入生长期叫作“起身儿”，就如同把怀孕的女人显出孕形叫“出身儿”。真是神奇，你简直找不到其他更贴切和生动的词语来。）原来的一茎麦苗这时已分成若干枝杈，分段裹着细细的茎秆，并且不再匍匐，而是甩开泥土，向着天地间挺直了腰身。这时，西北风刚变成小南风，带着温暖和湿润，跃跃欲试在垄上撒欢儿。解冻的河水荡漾着潋滟的波纹。桃花开了，杏花开了，麦垄上的狗拉秧和荠菜也开出紫的和白的花来。一树树的泡桐花，点亮了村庄的角角落落。绿蚂蚱伸胳膊蹬腿儿，花大姐展开翅膀，在麦垄上飞来飞去。燕子回来了，灰斑鸠和布谷鸟也回来了，呼朋引伴地绕着枝头，把麦田装点成心旌摇荡的新娘。田间的农人也多起来，俯身在麦垄间，灌溉，追肥，除草，喷药，为麦子的生长不辍辛劳。田野不再是麦子孤独的舞台，野草重新占据了作物种植不到的沟坎和角落，蓊郁郁地疯长，全不睬牛羊的践踏和镰刀的利刃不时划过。经历过浩劫的麦子本不是娇贵的作物，也绝不和野草比赛疯狂，而是心无旁骛地拔节，扬花，灌浆，秀穗，默默孕育着籽粒饱满的盛夏。

麦子拔节最紧要的是水分必须充足，潇潇春雨落下，或者漫灌的水流经过，已过膝的麦子住了腰身，你能感觉它身体的每个细胞都在贪婪地吮吸。隔了夜再去瞧，吸足水分的麦子，茎秆和叶子都晶莹透亮，仿佛体内有明澈的溪流在潺潺流淌。每一棵麦子都在争先恐后向高处攀登，田野上充盈着蚕嚼桑叶一般的寂静——沙……沙沙……

待到扬花的关口，雨水却是最要不得的。这时赶上一场大雨迎头泼下来，顶在麦穗上的麦花儿便被纷纷扬扬打落下来，秀出的麦穗就不再瓷实，减产是绝难免的。所以，从这时直到收割，最好不要有雨落下来，灿烂的阳光把田野都晒透了才好。垄背上裂开了一道道地缝儿，俯身望过去，地缝里扯开的尽是密如蛛网的麦子根须。燥热的熏风一阵阵吹过来，田野里到处蒸腾着生殖的气息。父亲说，麦花儿要落进地缝儿里，才是好年景，你抓起一把土撒过去，根本就落不到地面上，而是被密实的麦子给捧住了，这叫“撒土不漏”。父亲望着起伏的麦田，目光炯炯，好年景仿佛已在心中。

我无数次翻看过凡·高的画册。金黄色的麦田和黑色的乌鸦作为凡·高绘画的主体，总笼罩着不祥的预感，仿佛举步便是疾病和死亡，但它带给我的震撼远远不如家乡的麦田更铭心刻骨。不需比喻，成熟的麦田原本就是一片波澜壮阔的金色海洋。风吹麦浪，波澜起伏。“麦熟一晌”，父亲背着手，从麦地里匆匆赶回家里，整个脸都变得通红，仿佛将要冲进角斗场的公鸡。他闷声不响地从墙上摘下锈迹斑斑的镰刀，在院子里摆开架势，蘸着阳光和水，霍霍磨起来，直到所有的锈迹不见踪影，刃口闪出寒光，用手轻轻一拭，发出飒飒的龙吟虎啸。父亲终于哑着嗓子说：“明天开镰！”

开镰的日子要择良辰，放爆竹，焚香祈祷。麦垄已在你面前铺展开来，密实而又漫长，每一镰下去，割下的麦子如同沧海一粟，你带着喜欢，不停地弯腰，频率却渐渐慢下来，钻心的酸疼从骨头缝里向周身弥散，你不得不蹲下去，仍不见丝毫减轻。你干脆坐下来，一点一点往前挪着割下去。你的脸黑乎乎的，只能看清鼻眼，那是枯死的麦叶腾起的灰尘。你低头看看手掌，掌心磨出的血泡破裂生出的钻心疼痛又隐隐升起来，握镰的虎口生出了一层新茧。更难忍受的是嗓子的奇痒，你禁不住吐出一口痰来，竟是黑乎乎的一疙瘩。再吐，还是。你停下来，喝口水，有些沮丧地望见那毒太阳已转过中天，而麦垄仍在向天地尽头延伸，仿佛永远也不可能割到那里。周围不再有说笑声，所有人都变成了哑巴，腿脚都灌了铅，此起彼伏的只有呼哧呼哧的喘息和镰刀割开麦子的沙沙响声。收割的过程如同在炼狱中受难，每个人都被疲累的极限煎熬着，即便壮实如牛的汉子割到最后也要浑身散架，几欲瘫倒，更不用说还要承担家务的女人。

麦子仆倒在地，仿佛浩荡的军队，列队挑战着农人的体能极限，等待着他们的神经突然绷断。但农人还是义无反顾地来了，架子车碾过的地方显出两道车辙。麦子被一怀一怀抱入车厢，渐渐填满了，再拿起木杈，继续拢起麦子往上装，把架子车装成一座摇摇晃晃的小山，才住了手，拉起绳子，咬紧牙齿，吃奶的力气都用上了，把一车麦子煞紧，绳子系牢，再转到车前，把襻绳襻上肩膀，勒进皮肉，攥紧车把，俯身向前，双脚向后蹬踏，一寸一寸地往地头的田埂上拽。遇到暄腾的麦田，每长吸一口气，只能向前挪动几步，挪到地头，早没了丁点力气，不得不蹲下身子，仰脖灌一气凉水，喘一会儿气，再把小山似的一车麦子往村头的打麦场里拖。

连续十多天没日没夜地超负荷劳作后，终于把割下的麦子都运进了打麦场，总算不再担心突降的暴雨毁了一年的收成。但接下来的活计却毫不轻松，要把瓷实坚固的麦垛一杈杈分解开，一场一场摊开在晒场上，齐腰一般深，反复翻晒，用牲畜或者拖拉机带动石磙和石板碾压，再把碾碎的麦秸挑出场外，剩下的麦糠和籽粒的混杂物拢到一堆，借着风势，一锨锨扬到空中，让风把麦糠吹跑，留下饱满干净的籽粒。有时一场麦子刚刚摊开，乌云突然从四面合围过来，暴雨骤至，所有的人都慌了神，抓过木杈，不分青红皂白就把麦子往一起垛。刚刚垛好，突然又云开雾散，烈日当头照下来。农人再也不能忍受，眼中汪着泪，从爹娘骂到祖宗，咬牙切齿地诅咒这捉弄人的鬼天气。

所有的麦子都装进了粮囤，农人仍然不敢松口气，玉米、大豆、花生等秋一季的作物等着播种，地里的杂草已经疯长起来。赶紧用凉水洗把脸吧。照镜子时看见自己比收麦前竟然瘦了一圈儿，面皮黑了，头发鸡窝般乱，眼里布满纵横的血丝，心里就盘算着，拼了命也要攒些钱，供儿女读书，考到城里去，不能让下辈人再遭这样的罪孽。

父亲说，你去北京的这几年，逢到割麦季节，就会有外地麦客，开着联合收割机，蜂拥而至。收割机开进麦地，几个来回，不但麦子全倒了下去，而且从收割机肚子里倒出来的全是金灿灿的麦子，只需运去打麦场，晒干了，装进粮囤，就完事。和从前比，皮肉的劳乏几乎可以不计。但难题接踵来了，收割机割过的麦田，留下的麦茬半尺多高，给下一季作物的播种带来了妨碍，还会争肥，只有烧掉；农业机械多了，牲畜再派不上用场，陆续被宰杀了，麦秸不再用作饲料，再没了别的用场，又占地，也只有烧掉一条路。所以收割季节过后，田野上到处是熊熊燃烧的烈火，天空中弥漫着浓浓的黑色烟雾，造成了极大的环境污染。县里和乡里不愿意，派了干部下来督察，罚款，有人还因此蹲了牢狱。但法不责众，下一季的播种不能耽误，农人又找不到更好的办法，还是趁着夜色，偷偷一烧了之，哪还顾得上什么严重后果。

“锄禾日当午，汗滴禾下土。谁知盘中餐，粒粒皆辛苦。”一千多年流传下来的农事诗，如今三两岁孩娃都能琅琅背诵，但一粒麦子中究竟有多少辛苦，收过一季麦子的人才能真正体味。

“麦子养育了农人，农人本该对麦子感恩戴德，但想一想，我这一辈子，我父亲的一辈子，我父亲的父亲的一辈子，都为一粒小小的麦子担惊受怕，牵肠挂肚，死去活来，并且最后命耗掉了，我对麦子怀有最多的竟然是绵绵不绝的仇恨——这狗日的麦子啊……”

父亲说着，麦子色的脸上簌簌滚下两行老泪来。

荒芜的烟草

《现代汉语词典》上这样解释烟草："一年生草本植物，叶子大，花冠漏斗形，筒部粉红色或白色，裂片红色，结蒴果，卵圆形。叶子是制造烟丝、雪茄等的主要原料。"似乎没有归入作物一类，但在黄淮腹地，烟草却是和麦子一样重要的作物，而且给农人带来了更为杂陈的生活况味。

史家考证，烟草发现于中美洲，哥伦布等人将其种子带回欧洲并大面积种植，16 世纪中叶传入中国，距今已有 400 多年的种植历史。但是，在黄淮腹地被作为重要的农作物大面积种植，却是 20 世纪80年代以后的事情。黄淮腹地我的家乡，留下过中华始祖伏羲和女娲的足迹，诞生了老子、庄子等思想巨擘和曹操、袁世凯等乱世枭雄，却深陷人口、资源和交通的困局，只能寄望于从土里刨出黄金来，大量地种植麦子玉米等，虽然解决了温饱，但要过上宽裕日子，并不容易。政府派员四面考察，却八方碰壁，见到烟草，终于热血沸腾，眼睛里有了光，以为捡到了金元宝，强行在当地推广开来，在那片厚土上演出了一幕幕和烟草有关的活剧。

种植烟草的第一步是育苗。掐着指头算着要立春了，有经验的农人从墙上摘下早已备好的烟籽，用温水浸泡过几个时辰，让老婆缝一个针脚细密的粗布袋儿装了，小心地置于贴身的汗衫口袋里，日里夜里用体温暖着，暖过七八天，解下来看，瞧见烟籽拱出了隐隐约约的芽尖，赶去村口，把挖好的烟池填上掺入牛粪和磷钾肥的底土，放清水浇透，把烟籽均匀撒上，再盖一层干的细土，用透明塑料膜严严实实蒙了，以保持足够的温度。接下来每天一趟趟跑来，手指弹琴一样在紧绷的塑料膜上敲，把雾蒙蒙的水汽敲没了，凝神往烟池里瞅，一心盼着芽儿快点拱破土皮，露出数不清的笑脸来。那心情比指盼老婆快点生出白胖儿子来，还急切和忐忑。

烟草芽儿对水分和温度要求十分苛刻。水分少，温度低，会胎死腹中；水分大，温度高，会从根腐烂。稍不小心，就前功尽弃。总算看到比针尖还细的芽尖了，夏夜星星似的在眼前闪烁，农人心里才踏实下来，中午还要赶过去，小心地把烟池一头儿的塑料膜掀开，让里边的湿热气体散出来，好让芽儿长得根壮叶肥。

谷雨前后，霜冻消失了最后的踪迹，揭下蒙了半个春天的塑料膜，看到芽儿已经长成了两个叶片的烟苗儿，圆硕而健实，正迎风摇曳，等着农人把自己移栽到大田里去。烟草对肥水条件的要求并不比烟苗儿宽容，所以地块绝不能重茬，要挑过再挑，选过再选，必须肥力上等，含氮量绝不能高（高了，成熟的叶子炕了挂灰），每亩要施足磷肥和钾肥（否则，炕出的叶子缺少油分），灌溉条件也要好（水量不足，植株长势就弱）。烟苗儿的移栽要在谷雨后的几天里完成，移栽的行距不少于一米，株距不少于半米（太稀，影响产量；过稠，影响叶子的成色）。几方面的要素都掌握了，移栽就不太作难。烟苗儿移栽到大田后，肥水跟上，就见天见样儿往高里长。叶片也重重叠叠，围拢了茎秆，厚实而油亮，让人看着喜气洋洋。

天气渐渐转暖，烟草植株却娇贵起来，叶斑病、角斑病、黑胫病、花叶病，时时交替来袭，叶青虫、蚜虫、地老虎，也不请自来，闹得农人没片时安生。每天泡在烟田里，防虫治病，丝毫不敢懈怠。烟草进入成熟和采摘期，除了适时打顶抹杈，对叶片成熟度的把握最需要眼光，老到的农人把目视成熟的叶片采下，放到黑暗处，根据叶片部位的不同，选择过一天半还是两天时间再拿出来，如变成青筋黄片，表明叶片已成熟，可以采收烘烤。而且要保证下部叶片成熟时采收，中上部叶片，充分成熟才能采收。

叶片要按照成熟顺序五六天采摘一次，用麻绳编结在一起，拿弹性强的白蜡树干或竹竿撑着，挂到炕房里的梁架上，从上到下，五六层，挤挤挨挨，疏密有致，经过几昼夜烘烤，就能见到黄穰穰的烟叶了，再分级挑拣，运到镇上收购站，卖出比麦子贵七八倍的价钱，农人转回村里半天了，还沉浸在喜滋滋的情绪里。

但在我的家乡，并没有多少农人能享有这样的好运气。烟草叶片的成熟度极难吃得准，采摘过早，烘烤出的烟叶一片靛青；成熟过度，则如同枯干的泡桐叶，猪都不闻，哪里还能卖。叶片烘烤的技术也是横在农人面前的王屋大山。烘烤叶片的炕房是专用的，大都是相好的几户人家合建，选一片靠近村头的空地，砌墙上坯，占地二十五平方米左右，封顶高约两丈，炕内横着五层梁架，用于悬挂编结好的叶片，地面上是稠密曲折的散热管道。散热管道是土坯结构，每块土坯一尺五寸见方，拇指厚度，太阳下晒干，三块紧扣着粘牢，和地面形成一个“口”字，块块紧扣，道道相连，用于发散烘烤的热量，又不至于伤及悬挂的下层叶片。散热管道俗称“大龙”。“大龙”一头从火源出发，几经曲折后，最后通向炕房外竖起的高高的烟囱。叶片上架后，煤火也点燃了，烧炕的农人再不敢离开片刻，上茅房都是疾步快走。根据火势大小和炕温高低，烘烤叶片的过程可分小火、中火、大火三个阶段，每个阶段都有苛刻的炕温和时间限制，烧炕的农人不时把炕房里的温度计拉出来看，还要钻进炕房里，掌握叶片的干湿，以及时调整火势的大小。叶片黄至九成，得及时把火势降下来，以防叶片变黄过度而挂灰，影响质量和成色。等最难烘烤的叶片筋脉也渐渐洇干了，就可以把满满一炕黄穰穰的成品烟叶出炕、下杆、分拣了。

父亲告诉我，烘烤叶片的过程比我想象的要复杂得多。因为炕温和不同阶段的时间限制特别死，所以干烘烤活计的人，不允许有片刻的分神和疏忽。但连续不分昼夜地煎熬，纵是钢铸铁打的汉子也会筋疲力尽，分神和疏忽总是难以避免，烘烤出的叶子成色往往不足，卖不上高的等级。要是不小心打了瞌睡，错过了转火的最佳时机，干脆只能得到一炕的枯桐叶，或者转火过早，或者叶片装炕过于稠密，炕房里的热气流通不畅，出炕的叶片，筋脉就湿乎乎的，只能当柴烧。受损人家的主妇傻了眼，拿着都觉着烫手，泪汪汪地去找烧炕的农人问罪。烧炕的农人自知理亏，早把脑袋耷拉到了裤裆下，大气儿也不敢出，任凭人家数落完毕，摔摔打打地一路走了。

耗费了比种庄稼大得多的心神，却不能获得丰厚的收成，农人心里的失望傻子都能想见。转过年来，政府再号召种烟草，就没了积极性，任你吹得天花乱坠，百样生法诱惑，歇斯底里恐吓，也再不动心，所有的责任田又都改种了麦子。龟孙子，你总不能把我田里油亮的麦子给犁了，去种烟草吧。

政府也较上了劲。乡长在广播里拍着桌子，咬牙切齿骂：“咱这黄淮腹地这么多人口，每个人就这么一点点土地，都种上麦子，能换几个收入？政府的税收谁来完成？不行，这烟草是必须种的，犁了麦子也要种，谁不犁，就由政府来犁！反了你们？党员都给我带头儿，干部包村、包组、包户，谁家完不成任务，我砸了他锅碗瓢盆！”

到底胳膊拧不过大腿，乡长把话说到了这等成色，大部分农人都服了软，在下派干部的监督下，噙着泪，犁了自家油亮的麦子，改种烟草。也有胆子长到肚皮外的倔种，针尖对麦芒，拉开了拼命的架势。所以每年谷雨前后，往往有暴力冲突事件在各个村子发生，乡里也担心出人命乱子，自己兜不了底，就软硬兼施地拖、磨，剩下几家钉子户总是不了了之。

我就此事向长期任职农村基层领导的堂兄求证，堂兄并不否认，表示确有此现象。再问他政府为什么不变换一个层面，设法儿给农人提供种烟、烤烟的技术指导，堂兄只说乡里人手少，真正懂烤烟技术的更少，农人文化太低，也学不会，就转移了话题。

这几年再回村里，却发现烟叶已极少有人再种。去问父亲个中因由。父亲也不打诳，反问我：你没看村里青壮男女都去城里打工去了？留下的都是老人和孩娃，把死人装进棺材抬去村外埋葬都要去镇子上请人手，哭丧戴孝的人也要花钱去镇上雇来，谁还操心种这难伺候的烟草呢！

我绕着村子走了一圈又一圈儿。对应着一座座新建起的砖红色小楼，散落在村头路边的废弃的炕房显得寂静而荒凉。炕房改建成了民房，里面还住了人，却大都是上了年纪的老人——他们把守了大半辈子的瓦屋给了子孙，自己不情愿，又不得不忍气吞声地搬来这闲置的烟炕里居住，每天坐在炕房前，愣愣地望着瓦蓝的天空，望着天空下偶尔飞过的一只只乌鸦和麻雀。

在炕房的一角，泥土垒起的烟囱依然孤独地矗立着，恍如一座座风雨剥蚀的墓碑……

红薯的证词

绵延的黄淮腹地，绿浪翻滚的麦子自然是气象万千的作物，然后是玉米、大豆、红薯，越来越多的棉花、烟叶、芝麻、油菜、蔬果……一波接着一波，一年接着一年，周而复始地在土地上繁衍生息，起伏冲浪，成为旅行者眼中最壮观的乡村风景。而风景的主人却都是本分的现实主义者，没有丝毫抒情写意的浪漫。打播下种子那天起，父亲就比伺候自己爹娘孩娃还上心地伺候着这些作物，巴望着它们一天天长起来，生根、发芽、分蘖、灌浆、开花，结出丰硕的果实，带来殷实的年景。收获的季节也是最吃力的季节，父亲日夜操劳在田里，争分夺秒地把果实采摘下来，晾晒好了，运回家屋，藏进粮囤，悬在嗓子眼儿的心脏才扑通落到肚子里。

物资匮乏的年代，我的生产队队长父亲最牵肠挂肚的作物莫过于红薯了。这样说不只因为作为一种根茎植物，红薯不像麦子和大豆那样把果实顶在头上，也不像玉米和芝麻那样挂在腰间，让人一目了然，心里踏实，而是把果实深埋地下，留下藤蔓和叶子，在土地上牵扯缠搅，把田野遮得密不透风，收获季节才把悬念解开在父亲眼前，而是红薯确乎事关农人的肚皮，甚至生死。民以食为天，也许只有我这样的农人之子，才理解父亲对红薯的复杂情感了。

权威的《现代汉语词典》里，“红薯”词条解释为“甘薯的通称”。“甘薯”释为：一年生或多年生草本植物，蔓细长，匍匐地面。块根皮色发红或发白，肉黄色或白色，除供食用外，还可以制淀粉、糖和酒精。其块根又称红薯、白薯、地瓜、山芋、红苕等。

纸上的红薯当然不带有任何温度，我父亲的红薯则带着它的甜苦和疾病，从晒在秋风里那天起，就踏上了宿命的历程。它首先被父亲和乡亲们从红薯堆里挑拣出来，不但模样出挑，且不能有丝毫损伤。收拾利落了，才小心地层层码放在开挖的长方形地窖里，然后在地窖上面架一根木梁，再用扎捆结实的玉米秆覆盖，封上厚厚一层细土。地窖的一端留有直径一尺见方的出口，用来释放地窖里的湿气，也方便农人下到窖底查看。窖藏红薯讲究恰到好处。红薯窖藏过深，湿气释放时间不足，等不到开春，一窖鲜红薯早坏得稀烂；窖藏过浅，湿气释放过度，窖底的红薯则极易受冻，影响来年的发芽。在那些“红薯汤，红薯馍，离开红薯不能活”的年景里，父亲对任何人都放不下心，必须亲自照看他的一窖窖活命的红薯，每天下到窖底查看红薯细微的变化，赶上中午天气晴好，他还会把窖口一直打开了，凝望着窝在窖底的潮气沿着窖口袅袅飘散开去，眯起眼睛，脸上露出孩子般开心的笑。

转过年来，阳光渐渐变得温暖，地窖里的红薯早被移进了育秧的池子。红薯在池子里极难有勾肩搭背的机会，一律头上尾下地竖排开，缝隙间填些许薄薄的牛粪，上边盖上厚厚一层混合了牛粪的细土，用透明的塑料薄膜蒙严实了，以便育秧池里保持一定的温度，一个春天里定期浇水，放气，两个月后，满当当的一池红薯秧子便展露在你眼前了。这时候，用来栽种红薯的田地已经万事俱备，一条条田垄笔直而暄腾，仿佛墨线绷过，肥得能流出油来。这时候父亲和乡亲们最盼的是能有一场绵绵的春雨落下来，不但秧苗的成活率能有足够保证，还免去了去老远的地头机井里担水的辛苦。可老天总跟人较劲儿，眼巴巴地望着云层已低得能拧出水来，雨却总不肯落下来，或者一阵风吹过，那乌云眨眼便四散而去。他们只好悻悻地担了水桶，嘴里不干不净地咕哝着，朝地头走去。我那时才不足十岁的年龄，却也领了父亲的命，跟在了大伙的身后。因为力薄，两桶水挑不动，就每端各半桶，扁担两端的铁链过长，只好挽了挂起，摇摇晃晃往田里挑，几趟下来，早累得全身骨头生疼，泪水在眼眶里打转，望一眼在田里走动的父亲，却始终没敢流下来。刨坑，散秧，浇水，丰坑，理垄，终于把近百亩的红薯秧子插完了，极少有谁的肩头不留下血痕，手上不磨出血泡和老茧。这时，那绵绵春雨也扯天扯地落下来。农人心中却没有丝毫的悔意，而是说不出的轻松和高兴——这下红薯秧子终于可以蓬蓬勃勃地活出模样来了。

仿佛他们命该如此！

雨过天晴，父亲再去红薯地里走动，见一地的秧苗都挺直了身姿，老叶新芽泛着油光，厚实又鲜亮，仿佛它们不是扎根在土里，而是扎根在全村人的梦里。

红薯的田间管理是常见作物里最省心的。除了及时除一两次草，遇到春旱，早期还需漫灌一次水，等藤蔓遮掩地面，再用棍子把藤蔓反复几次翻向一边，以免它们随处扎根，影响块根的膨胀，便几无事做了。但红薯在黑暗中生长着，渐渐成了埋藏在地下的秘密，或遍地肥硕，或贫瘠无果，都只能去猜测了。等到入秋，经历过盛夏的数场暴雨，田野早被砸成了巨大的铁板，毒太阳的漫长暴晒，使垄背裂开了一道道缝隙。终于从地缝里隐约可见到红薯的踪影了，农人心里踏实了许多。

这样的季节在那时被农人称为青黄季，就是各家存储夏粮的土囤堪堪裸露出囤底，秋粮的丰歉还谁也说不清。肚子里开始咕咕叫喊，他们的目光开始更多地锁定在深土下的红薯身上。红薯的酣睡被惊醒，先是薯秧被扯断运走，摘下叶片和叶茎，分别放进滚水锅里煮过，拌入细盐和少量食油，做了果腹的饭食。接着，尚没有成熟的红薯也被偷刨出来，继续成为农人果腹的饭食，以支撑农人的辘辘饥肠，好在将来有力气把更多红薯从地下刨出来，把更多的秋作物收打回家。

我们不难理解这些被提前刨挖出来的红薯的复杂心情。就像一个个未成年的孩子，它们细小、瘦弱，有的还没有成形，根本不用提丰硕圆实了。它的甜也带着微微的苦。你甚至能想象出它们离开泥土那一瞬间的忧伤而复杂的眼神。有什么说的呢，也许它一开始就知道自己的宿命：成为那个食不果腹的时代的证词。所以它义无反顾，慷慨担当。这一切当然都没逃过父亲的眼睛，他有时还亲自跑去被刨挖开的地块里反复查看，回来后阴沉着脸，一连几天一言不发，却从不对任何人说起，仿佛一切都不曾发生一样。他心里是多么矛盾啊！

红薯成熟的时节，全村的大人孩娃，过节一般齐聚在红薯田里。他们脸上发着光，漾着笑，挥动应手的农具，将满地的藤蔓清理得干干净净，将埋藏一个夏秋的秘密一垄一垄、一棵一棵从泥土之下刨挖了出来。望着一嘟噜一串子的红薯，带着甜，带着泥土的清香，齐刷刷地呈现在自己的跟前，他们甚至有些不相信自己的眼睛，忙不迭地蹲下身子，爱不释手，又分外小心地抚摸着红薯酥红的面皮和身体，嘴里发出呵呵的声音。

整一块儿地挖下来，红薯堆成了数不清的小山。父亲把各家的家长招呼到一起，让队里小会计把按劳力、人口、工分等核算的分配方案念了，约定了起始和终点，开始抓阄和点户。抓到好地段（好地段的红薯自然更整壮）的，脸上乐开了花儿，抓到差的地段，也只是瞬间的不悦（毕竟是自己亲手抓到的）。新鲜的红薯含水量很高，又不能一口气吃下去，要存放到冬天，大部分必须晒成红薯干。农人们迅速摆开了战场，搬来家中的板凳，绑上闪着寒光的氽刀（一种专用的刀具，这刀具割伤使用者的双手是每年都要发生的），把红薯削成片儿，撒开在整理平整的田地上，容不得任何一片压在另一片上，以免影响晒干的速度。在那时，暴晒红薯干是辛苦活儿，是细致活儿，有时吃饭的空闲都没有，只好临时洗一些红薯，遣孩子回家煮了，带到田里来，胡乱吃几口了事。最要命的是白天刚晒上，夜里却落了雨，而且一连几天不放晴，眼见着一年的收成就这样全都烂在了地里，想着这一冬天全家老小只能去喝西北风度日了，农人无助又无奈，眼泪汪汪地蹲在屋檐下，一支接一支抽着用儿女的废作业本卷的纸烟，再站起来的时候，浑身竟没有丝毫气力，仿佛一阵风就能吹倒似的。如果雨稍晚几天落下来，就好很多，熬几个通宵，奔跑到黑灯瞎火的田里，把一地半干不干的红薯干摸回来，摊开在屋子里晾着，性子急的，干脆拿扇子去扇风，总能有一些被抢出来，虽生了些许霉斑，到冬天，拿去磨成面，做成馒头，吃起来有些苦，咬牙咽下去，毕竟还能果腹。有几囤子在家里堆着，农人心里才踏实，再不至于每天为填饱肚子发愁，他们也就认了这份霉头。

直到深冬，看上去白茫茫的大地上，偶尔还能见到农人起伏的身影，他们低着头，撅着腚，在人工刨过一次、犁铧抄过一次的红薯田里，扬起镢头，再次挖下去，盼望能有遗漏的红薯被自己唤醒。他们的身后，已经堆起长长一溜新土，但奇迹仍然没有出现。在我的老家，这一项活计叫“搜红薯”。一个“搜”字，道尽了农人以红薯养命的艰辛。

家家靠红薯充饥的日子，乡亲们想了许多食用红薯的方法。他们把红薯洗净了，囫囵烀了吃；切开了，放到箅子上蒸了吃；切成块状，放到水里煮烂了，再搅入面糊，做成红薯面汤吃。还可把红薯放到炉膛里烧了吃；把红薯干磨成面粉，做成馒头吃；或直接把鲜红薯从田里运回家，放到机器里打碎了，滤出淀粉，做成粉丝，晒干了，冬天掺些窖藏的白菜和萝卜，炒了，就是可口的菜肴。但万变不离其宗，在那片土地上生息的农人们，填饱一家老小的肚皮成为活下去的最大目标，又有谁能逃脱“红薯汤，红薯馍，离开红薯不能活”的宿命。去到村子里的饭场上看看，各家大人孩娃面前，摆的无不是红薯块、红薯馍、红薯汤、红薯粉。连打出的嗝气，放出的臭屁，都带着浓重的红薯味。这让我隔了数十年后，走在北京的大街小巷，每每被烤红薯的喷香味道唤醒，有关红薯的记忆便迅速复活，一连串活生生的画面又浮现在眼前，接着便是令人沮丧的带着红薯味道的嗝气和臭屁，恍惚在身体里冲撞，哪里还有丝毫的食欲。

我知道，是红薯和当年那些以红薯为生的、隐忍的乡亲们，作为一个时代的证词，已经深深地埋藏在我的血液里，成了一个农民儿子精神乡愁的镜像。

乡下的狗

乡下的狗与城里的狗是不一样的。

我从城里回到乡下，远远地听到狗的叫声，有些飘浮的心渐渐踏实下来。我知道，这是风把我身上的气息提前刮了过去，狗鼻子尖得很，立刻就嗅到了生人的气味，条件反射似的连声吠叫，表示着自己的警告，也向院子里住着的主人传递着仿佛鬼子进村的消息。等车开到村口，大大小小十几条狗已经聚拢在那儿，昂着头，支着耳朵，目露凶光，此起彼伏地怒对着我身下的庞然大物，接着，半个村子里的狗此起彼伏地叫了起来。我刚刚踏实下来的心有些发怵——这些乡村的看护者记不得我这个从村子里走出的孩子，还以为来了新的侵略者或掠夺者呢。

从车上跳下来，我求救的目光望向街巷两边排开的一座座院门，停顿了好一会儿，仍然不见有人出来，把这群叫大黑大黄或者根本没名字的家伙给唤回去。

狗看出了我的忐忑，叫声更加严厉，慢慢地缩小着包围圈，做出一个个前扑动作，仿佛我胆敢再前行一步，它们就会把我给撕而食之了。开车的小伙子有些担心，机警地按响了汽车喇叭，一声连着一声。狗受到了惊吓，退后两步，把绷紧的身子放松了，叫声也不再像刚才那样张狂。我没有坐回车上（在我们乡下，车一直开到自家门口而不下来会被老少爷们儿视为烧包，被人看不起的），而是就近捡来一根长约五尺、比拇指还粗些的木棍，对着吠叫的狗，示威似的扬了扬。狗的嚣张气焰被压了下去，慢慢退回了各家院门口，坐下来，尾巴竖着，继续吠叫。

随着吱吱的响声，有几家的院门打开了，出来的却是我不熟悉的几个小孩。他们也用探询的目光打量着我，没有“笑问客从何处来”，而是高声呵斥着自家的狗不要再乱叫。那狗这才收敛了目中凶光，嘴里呜噜着，摇着尾巴进了院子。

终于看到了一个相识的老者。其实是老者先认出了我，喊了一声我的乳名。我赶紧把手上的棍子竖在车身上，上前几步，喊一声“叔”，从口袋里抽出提前备下的香烟，递上去，又摸出打火机给点着了火儿。老者这才说，好几年没回了吧？胖了，也老了。你看，连咱村上的狗都不认你了，要是能多回几趟，看它们还咬你？我一边点头称是，简单问了老者家人的安，才告了别，重新回到车边，叮嘱开车的小伙子别再按喇叭，鬼子进村似的张牙舞爪，并随手把棍子拿了，继续在此起彼伏的狗吠声中，向遇到的乡亲们打招呼，问好，敬烟，慢慢往家中走。送我的车子跟在身后，仿佛在指证我的“异客”身份。

我小时也养过狗的。是一条黑狗。没有名字。那狗体格大，吃我弟弟以及邻居小孩的屎长大，却壮实得像牛犊，性格又凶，逢到邻居去我家串门，还没到门口，就狂吠不止，捕捉到人影，更是厉声叫着，奔过去，立起前爪，扒着门缝，凶巴巴地做着扑咬的姿势。胆小的来人早吓白了脸，相熟者却知道它的虚张声势，隔着门缝呵斥一声，这狗马上收了声，一边去了。我出门玩耍，那狗跟在身后，形影不离，到了玩耍之地，却不缠我，和别家的狗玩在一处。待到天黑回家，又悄无声息地走在我身前。

突然有一天，乡下兴起了打狗风，公社组织的打狗队进了村，在干部的引领下，一家挨一家地清。风声吹来，我不得不把黑狗藏进了盛放粮食的泥囤子，盖上盖子，只留一个透气的小孔，提心吊胆地等着。打狗队反复来我家找寻，又哄又吓。我愣是一口咬定黑狗走丢了。几天过后，村子里再没有了狗四起的叫声。我以为危险解除了，大着胆子把狗拉到院子放风。几名打狗队员从天而降，神仙一般跃墙跳下，抡起手中的家伙，雨点般乱棍砸下，为首的趁机用一把特制的铁钳夹住了狗脖子，也不说话，拖着就朝村外走。黑狗知道在劫难逃，呜呜几声，绝望地望着我，眼泪夺眶而出。我发疯似的在后边追，连鞋子都跑掉了，一边祖宗八代地破口大骂。追到村口，才被赶上来的父亲抱着。擦干鼻涕眼泪再看，哪里还有打狗队的影子。

多年以后，村里人忆起当年，还对我儿时的英勇啧啧不止。其实这“英勇”显现的更多是乡下小子的鲁莽，比我更鲁莽的家伙也很不少。我儿时的玩伴小松子也养过一条人见人爱的黑母狗，蓝眼，白额，宽臀，浑身如绸缎，不见半根杂毛，那叫一个漂亮。这好狗却和村上一条癞皮狗好上了，我们放学回家，正碰上两条狗好得入巷，屁股对着屁股，仿佛上了锁，旁若无人。我们用砖头砸，不开。用树枝打，还是不开。小松子真是急了，一溜烟儿跑回家，拎来一把菜刀，寒光一闪，砍了下去。这下终于开了。可怜的癞皮狗，惨叫连声，落荒远遁，却把一条尘根齐茬茬留在了相好儿的肚子里。若干日子过后，两条狗差不多同时一命归了西。

若说城里的狗多是身出名门的宠物贵族，乡下的狗则多年承担着看家护院的家丁大任。它们出身低贱，住乱柴矮檐，食残羹剩饭，却忠诚无悔，直到绝命而去。我们兄妹相继在天南地北安居下来，留在乡下的父亲和母亲又养起了狗。狗还是黑狗，却不再凶猛剽悍，体型也小了很多。父亲说，这条黑狗最喜见人，聪明，又负责任。有一次，父亲和母亲下田后，圈急了的母猪竟然拱开圈门，又拱开院门，率领着十三只猪娃，撒欢似的跑了出来，准备踏青去了。母猪的童心让父亲的黑狗非常不以为然，见连声的警告成了不折不扣的耳旁风，咧开尖牙利齿，连咬带吓，硬生生把一头两百多斤重的母猪赶回了院子。对十三只可爱的猪娃则网开一面，只是叼着它们的小耳朵，一只一只地叼回了院子里。担心猪娃们再跑出来，那狗干脆坐守在门槛上，一直到父亲和母亲收工回到家里。邻居目睹了这一奇观，枝枝叶叶地讲给村里人听。父亲的黑狗一时间成了村里的"新闻人物"。

秋天的一个深夜，父亲打来电话，还没开口就有些抽噎。我连忙问他怎么回事。又等了一会儿，父亲才平静了下来，告诉我说家里黑狗死了——是被坏人晚上投毒害死的。在此之前，村里很多狗都被毒死了，谁也不知道是哪里来的坏人；有的死狗还被他们拖走了，偷偷卖给了城里的狗肉馆了。镇上的警察来看了看，再不见了踪影。

我好言劝慰父亲，建议他再养一只。不养了，再养最后落下的也是个伤心，父亲赌气似的说。

父亲终于还是养了一条。因为我刚到院门口，就见一条又高又壮的黑狗冲了出来，好像认识我似的，在我衣服上嗅一嗅，激动地摇着尾巴，对着院子里汪汪叫起来，仿佛在对父亲和母亲说，是他们的儿子回来了。我心里一热，眼睛忽然潮湿起来。

回到屋子里，父亲看我的目光里有些疑问，不好意思地解释起来，说这年头儿，村里青壮年都去城里打工了，不养条狗看家，总担心有坏人入门，又说家家都养，有的还养了不止一条，黑里听不见狗叫，睡觉都不安生。父亲说着，指了指门前新起的一排排小洋楼，继续道，都是空的，常年空着，成年到头儿都没人住，村子都快空了，唉。父亲叹口气，使劲地摇了摇头。

第二天，我去村里各家串门，看望一下留守的老人，出门的时候忽然想起进村的情景，就四处踅摸，想找一条结实的棍子，拿在手上壮胆。父亲看出了我的心思，摆摆手，又微笑着指了指正在院子里摆尾巴的黑狗。我有些半信半疑。出了门，那狗却早已经跑在我的前边，还一边摇着尾巴，一边对着各家的院门口虎视眈眈的狗呜噜着。果不其然，这一路下来，竟然再没听到一声狗的警告。

上路回城的时候，我看到有许多的狗追在车后吠叫，我坐在车子里，心里却安然得很。我知道，那是它们在为我送行呢。追得最远的当然是父亲的黑狗，追到村口，它才住了脚，伸长脖子，仰起脸，目送着我的车子扬起一路尘烟……

老段的眷恋

我原本要去北马喊的，却鬼使神差地来了返底村。

时序已是深冬，寒风料峭，车子出襄垣县城，便一头扎进了化不开的浓雾里。雾中的山野消失了固有的宁静，变得犹如混沌初开。路边延伸开去的枯树枝上，凝挂着白色的雾凇，一眼望去，那枝条湿乎乎的，仿佛刚从水里打捞出来。头顶的天空是一种说不清的青灰，太阳偶尔露一下蛋黄样的脸，马上又遮严实了。原本就藏在群山褶皱里的返底村，现在更无迹可寻了。

车子终于在村委会的院子门口停下来。带我来的小崔师傅低声说“到了”。下车，推门，走进院子，再掀开一面有些脏兮兮的棉帘子，进到屋子里，就看到了一位中年妇女。她高个子，瘦方脸，憨憨地笑着向我伸出手，一边自我介绍：“我就是老段。段爱平。”老段的公开身份是襄垣县返底村党支部书记兼村委会主任，今年刚被中央电视台评为了全国“最美村官”，但打心眼儿里说，这个“最美村官”的容颜已被疾病摧残得走了样，面皮黝黑而粗糙，手指手背的关节变了形，裸露出来的脖颈，布满了密密麻麻的疤痕。老段把我让到沙发上，拎起暖瓶倒了一杯水给我，自己则坐在了我对面的板床上。

我偷眼打量这间十来个平方米的屋子，除了她身下的板床，我坐的旧沙发，就只有靠窗的煤气灶、盛水桶和锅碗瓢盆了。后来我才知道，这也是她这个村支部书记的全部家当。

老段是个苦命女人，一辈子没读过书，只会写自己的名字，5岁时父亲去世，母亲改嫁，被一个老奶奶收养，12岁就走街串巷卖煎饼讨生活，18岁嫁到了返底村最穷的老刘家，和大她10岁的丈夫一起讨生活。1998年初，老段靠着从本家弟弟那儿借来的3000元钱，做起了贩卖焦炭的生意，披星戴月两年下来，手上有了百万积蓄，一跃成了返底村人见人羡的“富婆”。第二年村委会主任海选，有人撺掇老段试一试。老段直言自己不识字，干不了这差事儿，但却承诺不管谁当选，她都愿意出钱重修已成危房的村小学。凭着村民们“谁修小学就让谁干村委会主任”的执拗，没有进入预选名单的老段最终被意外地选为新一任村委会主任，并从此开始了她14年的村官之旅。

接下村委会主任的担子，老段开了一个家庭会。“媳妇给你娶了，饥荒（欠债）给你还了，剩下的钱干啥？就给咱村里干点实事吧。”家庭会上，她对唯一的儿子这样说。新官上任，老段没有豪言壮语，有的是一诺千金。下一年开春翻修学校，她就拿出了自己的4万多元积蓄，黑天白夜守在工地上。因为胆结石被家人硬拽进医院，手术后不几天，老段就偷跑回工地，手捂着肚子上纱布缠裹的刀口，张罗联系水泥、砖瓦、钢筋等建筑材料，督促工程队施工。到秋天开学，孩子们终于搬进了宽敞明亮的新教室。老段从小吃百家饭长大，特别理解孤寡老人的不易，为了让村里的孤寡老人有个稳定的生活着落，又出钱2万元建起了返底村敬老院，安排他们住了进去。逢到过年，老段总是把自家的玉米卖掉，给老人们发上10元、20元不等的生活补贴，又买来猪肉和大米，送去村里生活困难的人家门上……说起这些往事，我问老段当时家里人是不是支持。老段摇头，坦诚地回答我说“不支持”。丈夫还骂她傻，后来干脆甩手去了省城，和儿子一起在那里打上了零工。“你说我们返底村，地下没有煤，地上没有水，只能种几亩玉茭（玉米）讨生活，碰到旱天，只能眼瞅着一年到了头儿两手空空。我总不能让全村人都出门去讨饭吧。除了把攒下的那点钱拿出来，又有啥办法呢？”老段的话里带着无奈。

穷则思变，为了返底村脱贫，老段也曾一次次拿出自家的积蓄，揣着梦想，从外地引来了种植甘薯、脱毒马铃薯等项目，和村民们一起日夜辛苦，但到头儿来却总不如想的那么美。“唉！我们返底这儿就是一片穷山恶水啊。”好在天无绝人之路，老段到底还是通过当年贩卖焦炭建立起的关系，把村里100多劳动力送去了当地潞宝集团的矿上打工；她又找到在省城建筑企业领工的外甥，把村里40多个年轻人托付给了外甥，算给返底村找到了一条活路。说这些的时候，老段没有一丝的自豪。她知道，煤矿和建筑的活儿不光苦，而且藏着危险，谁有个三长两短的，身后都是一个担不起的家庭。当村官14年，老段花光百万积蓄，拼上身体，为村里做了很多实事，但她又时常为没有给乡亲们找到一条可靠的致富路而自责。

在返底村，谁也说不清老段为大伙儿付出了多少牺牲，这种牺牲是一个共产党员的坚持，更是一份操守。8年前，心有积怨的丈夫老刘患肺癌病世，隔一年，老段又被查出患了急性食道癌。老段没有向村里人声张，让女儿陪着去了河南林州的一家乡镇医院，选择了最便宜的价格方案做了手术，术后在女儿家住了不到十天，就悄悄回了返底村。但癌症这个魔鬼，只要你沾上，它是不会轻易放过你的。2011年，癌细胞转移，老段又被查出了淋巴癌，而且是晚期。这相当于给老段下了一张不明死期的死亡判决书。“我要尽最大努力活到明年。我要亲眼看着乡亲们把药材种下，看着他们富起来。”2013年7月，一场暴雨冲垮了老段的窑洞，也冲垮了很多人家的房屋，连续几天奔波下来，老段因为呼吸困难被送入县医院。躺在病床上，她对女儿说出了自己的心愿。这是因为开春时候，老段从农业局得到了亚梁中药材种植专业合作社的信息。这个合作社正在推广中药材种植，免费向农户提供种子、农药和技术，收获的药材直接回收，如果种植不成功还按玉茭的亩产值进行赔偿。老段当即给合作社打电话，邀请他们尽快来村里实地考察。来人化验过返底村的土质后，认为该村适合种植党参、柴胡、黄芪等药材。但当时大部分村民都已种下庄稼，只有一户村民种了 30 多亩药材做实验。老段想要等到庄稼收割后，让每户村民都种上个两三亩药材试一试运气。

老段说她不怕死。但老段深深地眷恋着这个群山褶皱里的村子。她还想多活一天，多给乡亲们办些实事儿。眼见着水泥路通了，自来水通了，有线电视通了，路灯亮起来了，排水渠修好了，大部分人家都从窑洞里搬来了公路边，出门进门方便了不少，老段却由返底村首富彻底变成了一个只能栖身村委会大院的穷光蛋，生活来源仅剩下每月 850 元的“村官补助”。我问老段是否后悔当初，老段憨憨地笑了，说："要说没后悔过那是假的，有时会想，如果生意做到现在，肯定在太原、长治都买下好房了。可回头又想，村里人都拿我当亲人，记得我的好，心和他们在一起，我睡到板床上也觉得踏实呢。"

从村委会院子里出来，浓雾已散，我独自爬上了村前的山包。从山顶俯瞰沟底，返底村的那些房子就像散开的棋子，各自孤立，又血脉相连，而山外是更多蜿蜒起伏的群山。因为老段，我记住了返底村这个藏在群山褶皱里的村子，并且一直记在心里最温暖的位置。

辑二 黑暗中穿行

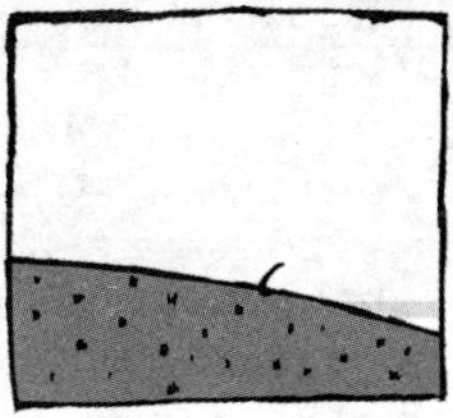

黑暗中穿行

百年以前，我生活的这座都城，还寻觅不见地铁的踪迹，但客居巴黎的庞德已在协约广场目睹了这样的景象：“我走出地铁车厢，突然间，我看到了一个美丽的面孔，然后又看到了一个，又看到一个，然后是一个美丽儿童的面孔，然后，又是一个美丽的女人……”当天晚上，庞德写了脍炙人口的诗行：“人群中这些面孔幽灵一般显现；湿漉漉的黑色枝条上的许多花瓣。”（《在一个地铁车站》）

时光恍如这些不断显现的幽灵，在阳光和风雨中明灭寂然，地铁在这个日夜旋转的星球上不断繁衍开来，密布一座座城市黑暗的地底，并通过不同的出口与沸腾的地面血脉相连，往复循环着，把怀揣梦想的人们带向各自的目的地。更多与地铁相关的风景和故事，被蜂拥的人群目睹、见证、演绎，飘弥在空气里，一天天尘埃落定……

地铁口

十年前的初秋，我两眼一抹黑地闯进了这座轰隆隆的城市。我不是野心勃勃的拉斯第涅，所以走出火车站的瞬间，丝毫没有“巴黎，我来了”的四溢激情。我像一只乡下老鼠，目光里蓄满了无边的胆怯和懵懂。我全部的家当只有拉杆箱里装着的几件换洗衣服。

“为什么要舍了稳定的工作，跑到这里来？”

站在轰隆隆的长安街边，这样的发问在我耳畔久久萦绕。数不清的车辆排开庞大的阵势，反射着刺眼的光芒呼啸驶过，热浪裹着难闻的尾气，硬生生冲进我半张的嘴巴。我恍惚缩成了肉眼看不见的一粒微尘，向着灰蒙蒙的天空飘移。

我就在这时望见了那个醒目的“D”字标志。蓝色标牌下方，洞开的地铁口仿佛幽深的吸盘，在等待着更多的生命沉溺进去。蝼蚁般的人群，或拖着沉重的行李，或背着简单的挎包，蜂拥而出，匆匆而入。他们低首或仰面而行，心无旁骛，面色木然，脚步匆匆。我深吸一口气，拽紧拉杆箱，紧跟着前边的人们向深处走，一边紧张地观察着别人的举止。那时候，我甚至没有多看一眼马赛克贴面墙壁上的房产广告和各种肤色的性感美女，仿佛那是我心中二十亿光年以外的存在。

我排队去售票窗口，掏出五角纸币，买了一张白底蓝字的车票，跟着转去检票口，检了票，再下到站台，排在某个队列的最后。地铁列车就在这时呼啸而来，像一道炫目的光，席卷着热风浊浪。我不由自主后退了一步。它缓缓停下来，随着闸门“咔”地分向两边，不等车厢里的人们蜂拥而出，我身前的等候者已经迅速冲上去，并继续冲向少得可怜的几个空位。闸门“咔”地闭合后，所有的喧嚣和惊魂未定都被关在了门外，列车再次缓缓启动，钻入漆黑的隧道，驶向下一个车站。

四周尽是陌生而漠然的面孔，突然安静下来的车厢里，我悬空的心暂时踏实下来。

我曾选择不同的季节，去各个地铁口逡巡观察，试图借此窥探地铁的某些秘密，但我看到了什么呢？十年韶光一闪而逝，这座城市里的更多条地铁投入了运营，更多条继续只争朝夕地建设着，它们在地下盘根错节，通过一个个出口，把中心城区和近郊、远郊、卫星城，结成了不可分割的血肉之躯。

盛夏之晨，时钟刚刚指向四点三刻，太阳就从摩天大楼的夹缝里跃上天空，把滚烫的铁汁迎头浇下来，把整个城市瞬间变成了窒息的砖窑。这时的地铁口，寂静而霸道，刺鼻的气流灼热而有恃无恐。

我又看到了那个清洁工敦实的身影。在这个所有的人都裸露着更多皮肤的早晨，只有他穿着脏兮兮的橘红色马甲，戴着脏兮兮的白线手套。他的清扫从地铁口开始，然后沿着台阶，一级级向下。他挥动着手中的扫帚，却又似乎被神秘的力量所牵引，不能自已地向着深处沉下去。此刻，寂静如此巨大，我恍惚置身于古墓幽深的通道里，目光不可抑制地集中在了他身上。尽管我看到的只是他脏兮兮的橘红色背影，并且这背影在被黑暗一点点吞噬。通道左边的滚动电梯纹丝不动，所以还没有人从下边升上来，右边的磨光水泥台阶上，随处散落着各种颜色的碎纸片、瓜子壳和废塑料袋，空气里则弥漫着刺鼻的霉味，仿佛漫长的一夜仍不足以除去白昼留下的粉尘和废气。我在他身后停下来，故意咳嗽了一声。我咳嗽的声音被两边的马赛克瓷砖反复折射着，变成了荡漾的回声，突然打破了四周的寂静。他却没有抬头，继续挥着扫帚。我继续往前走过去。地铁口里回荡的除了扫帚发出的声音，就是我的鞋底敲打台阶的回声。我不由突然加快了脚步。

秋天渐深，水泥台阶上渐渐多了银杏叶的踪影，更多的银杏叶还在从长安街两旁的树上飘下来，纷纷扬扬，仿佛数不清的深黄或浅红的蝴蝶，弥漫了行人的视线。十一月悄然来临，碧空如洗，白云悠悠，时序进入了一年中最好的季节，但为生计奔波的人们似乎无心领略大自然的诗情画意，他们几乎在同一个早晨，心有灵犀地换上了黑色或者灰色的棉服，继续为生计奔波。滚滚的寒流吹打着街道两旁的建筑，风中的地铁口却纹丝不动。就像那个身着橘红色马甲的清洁工，执拗，固执，只让我看到孤单而模糊的背影。

我踏上向下的水泥台阶，看到他的工作依然有条不紊。他站在六十四级台阶的中间位置，面向着我，低头弯腰，在把台阶上的尘埃擦拭干净。他的手里握着的不是扫帚，而是一把滴着水的拖把，靠近马赛克贴面的墙壁，是一只盛水用的红色塑料桶。他在一级级向上，我们之间的距离越来越近。终于能够看见他的真面目了，我有些抑制不住内心的激动。我无法说清自己为什么对一个清洁工产生了如此浓厚的兴趣，寂静在向着我身体以外蔓延，空气似乎也凝滞了，也在等待着想象中的电光石火的瞬间，我几乎摇摇欲坠，只能把突然虚脱的身体靠在马赛克贴面的墙壁上，长长地吐了一口气。

接下去却什么也没有发生。他的拖把伸到了我脚下，并且在我的鞋子上杵了杵。拖把带着犹豫，仿佛在抗议我的驻留，又在示意我快点移开。我听见一个低低的声音传来："哎——您……没事吧？"我把目光转过去，却没有看到想象中的关切。清洁工的橘红色帽檐压得很低，几乎在额头上燃烧着，而灰乎乎的口罩恰好遮严了眼睛以下的部位，目光里则混合着明显的疑惑、冷淡和不满。

“没事……”我说着，顺势侧身向下移动了两级台阶，站在那里，回头注视着他。他却没有注意我的异常举动（或许他把我当成了精神病患者，根本不屑再回头多看我一眼），继续低头弯腰，用力挥动拖把，反复擦拭着水泥台阶。而他擦拭过的台阶则泛着潮湿，孤零零反射着通道顶部暗淡的灯光。

乘车的人们乌鸦一般刮过来，杂沓的脚步打破了地铁口的寂静，灯光也抖擞精神，突然增加了亮度，滚梯发出了轰隆隆的低吟，人形杂沓而过，水泥台阶上刻出了大小不一的鞋印。我依靠的墙壁突然亮起了绚丽的彩光，烈焰红唇的影星巩俐正醉眼迷离地站在那里，邀请我继续向地底深处行进。

我突然变得释然，整整衣服，瞬间消失在密密麻麻的人群里。

穿越地铁

在这座城市里，几乎每个人都有属于自己的地铁故事。与亲密的人擦肩而过，和陌生人一见钟情，迷离的眼神，恍惚的转身……多少跟地铁有关的记忆从往事深处浮现上来，转眼又消失在涌动的人流中，或被嘈杂和喧嚣带上了拥挤的车厢。多少人的命运被一列地铁轻易改变，多少离散聚合成了到处流传的故事……

我造访过的女孩曾在地铁上偶遇过另一个中年男人，她说那男人忧郁的目光像极了远在地中海岸边的马尔蒂尼。女孩称那种忧郁为蓝色的忧郁，那忧郁仿佛带了强大的磁力，紧紧地吸引着她去接近他，去吮吸他男性的躯体里散发出的神秘气息。列车就在这时缓缓停下来，车门缓缓打开，他一下被涌动的人流席卷到了站台上。她突然想跟上他冲下去，犹豫之间，闸门不合时宜地突然合上了，他和她被隔在了两个世界，然后他瞬间消失了踪影。她说那一瞬间她的眼泪竟不能自已地濡湿了面颊。但她太年轻了，偶然的相遇很快被埋进了记忆的暗箱。然而，很久之后的某天，他竟然又鬼使神差地出现在她面前。记忆瞬间被激活了，她突然想，也许有故事必须要发生了。她没有想到，他仅仅是个问路者。她却不但告诉了他方位，还带着他去了。路上，她反复打量着他。他的鼻梁很高，眼睛深邃而幽蓝，让她心惊肉跳。他的步履稳健，后背挺得笔直，是她身边的朋友都没有的。他比她年长至少十岁，所以她很清楚这是岁月磨砺的硕果，可她还是想接近他，希望能找一个只有两人的空间，就那么眼睛不眨地看着他的眼睛，哪怕一句话也不说。但她终于没有问他的姓名，什么都没有问，尽管内心异常渴望！她就那么淡淡地走了，像一枝淡淡的白菊。他说“谢谢”，她没有回答“不用谢”。她什么也没有说，一直目送着他的背影渐渐变成了一个模糊的黑点，并终于消失。他也没有回头再望她一眼。哪怕一眼，她都会冲过去。但她相信他们还会有故事的。

“我有感觉，所以放他走了。我们已经见了两次，我们不陌生了。”女孩执着地说。

建斌和小慧对这个城市的地铁刻骨铭心，因为他们的爱情曾在这里慢慢枯萎，也在这里重新绽放。来这座城市七年后，踌躇满志的建斌不得不面对失业的尴尬，他不知道如何向对未来无限憧憬的小慧开口。他们仍旧像往常一样默默无语走进地铁口：小慧乘坐地铁去单位上班，建斌一如既往地送小慧上车，挥手告别，然后转身踏上另一班地铁，开始了他一天的工作——坐一天的地铁。建斌坐在地铁上，看着上车下车的人群，心里溢满了无边无际的疼痛——他没有勇气告诉小慧真相。但纸是包不住火的，得知真相的小慧试着体会建斌的感受，虽然只坐了一天地铁，她还是哭了。人头攒动的车厢里，想着建斌对她的好，对她的爱，想着这个男人为了不让自己伤心的地铁之旅……当对面的另一列地铁缓缓驶过，起风了，羽·泉煽情的歌声适时响起，建斌和小慧相视一笑，他们终于到站了，他们到达的车站叫春天。

这就是电影《开往春天的地铁》的故事，它忧伤，矫情，浪漫，却在某个情人节感动了无数痴男怨女，让他们对地铁产生了鲜花般芬芳的想象和向往。

我供职的出版社在木樨地地铁站附近。去年五月的某一天起（我记得那天的大地晃了晃，然后我接到了妻子的电话。她语气焦急地告诉我，四川地震了），地铁真正变成了我的首选交通工具。走进地铁口，强劲的气流照例要把我并不算长的头发四散吹起，提醒我新的一页翻开了。

渐渐“老”去的一号线，列车换了新的车型，但岁月的痕迹仍然随处呈现在锈迹斑驳的钢轨和马赛克贴面的墙壁上。列车照例停留 30 秒，我随着拥挤的人流奋力冲上去，继续往里挤，终于找到了一个放置躯体的空间。寻到一个坐处当然是不可能的，因为根本不可能有空位，我也从没有见过有人站起来，把座位让给老人和孩子，仿佛那样的规则根本不适合这里——不管你是否愿意，站立都是你唯一的选择。你的躯体外拥挤着更多的躯体，每一具躯体都带着灼热的欲望和温度。男的、女的、老的、少的、高的、矮的、胖的、瘦的……空气里混合着浓重的汗气、不同食物的气味和各种香水的气味，我甚至分辨出了混杂的味道中的大蒜味、韭菜味、孜然味、萝卜味、汉堡包夹心的洋葱味、可乐液体分离出的碳酸味。我对着头顶的空调气孔，长长地吐出了一口气。

我四周的人们大多表情木然，有的在狭小的夹缝里吃力地浏览着当天的报纸，有的手指翻飞玩着各种手机和掌上游戏，有的无论有人没人都目中无人。也有的闭了眼睛，仿佛已经沉沉睡去。我对面座位上坐牢的是一位年轻女性，她紧紧地抱着手上的包，一会儿移动一下位置，作为防备不测的武器。她旁边的男人在昏昏欲睡，他把后脑勺仰过去，继续仰过去，一丝清亮的口涎蜘蛛一样从他的嘴角爬出来。另一个男人则一直对着车门凝视，我知道他是看不见车门的——他只能看见森林一般的各色大腿。两节车厢的交界处，摇摇晃晃的人们耳朵里插个 MP3，听得投入却并不沉醉。

我的目光投向了眼前的婴儿，他一直望着我，傻呵呵地笑着，让我木然的脸上也绽开了笑容，这个在母亲怀里牙牙学语的小家伙，是不是一个出生在地铁上的“地铁之子”？他注定将在地铁里长大成人，在马德里地铁爆炸、莫斯科地铁爆炸的恐怖传说中，在……一波又一波的血肉横飞，惊声尖叫，四散奔逃……天啊！我不由自主地贴紧了身后的金属靠柱……

但是，到站了。到站了，什么都不曾发生，我对那个一直对着我傻笑的小家伙挤了挤眼睛，什么都不再想，分开人群，奋力冲向了缓缓打开的闸门——

站台，站台

列车继续向前，把每一位乘客送向自己的终点。闸门打开，关上，每天都在重复相同的动作，每天的动作又绝不相同。站台瞬间空了下来，空气中的尘埃也突然安静了，两条磨得发亮的钢轨反射着如日光灯的荧光，看守报摊的妇女在慢慢地归置着寒风吹乱的报纸，仿佛这里已经很久没有列车通过。

也就是瞬间，人群又潮水般拥进来，并且还在从入口处拥进来，急匆匆冲向闸门将要打开的地方，自觉或无奈地排起长队，等待着下一班地铁开来。他们在大口喘气。他们在趁着这短暂的空隙接拨电话，收发短信。他们在抓紧把简单的早餐吞进肚子。

结伴走来的是两个年轻的建筑工。他们身材敦实，头上戴着有些破损的黄色安全帽，蓝色工作服上沾满了斑驳的干泥浆和油漆的残痕。他们的脸色黧黑，胡子拉碴，说着我听不懂的家乡话，笑声粗鲁而放肆。他们旁若无人地往前挤，全然不顾纷纷投射过去的白眼。然后是一个长发女孩，她站在了队伍的末尾，匆匆翻出包里的化妆盒，对着脸庞反复照着，并顺手拿出粉饼，在两腮轻轻地扑了几下，再抬起头，她的眼睛里有了阳光，有了更多的色彩，神情也生动起来。接着走过来的一对男女紧紧依偎着，男孩不时低下头，几乎每一次撞上的都是女孩春风拂面的微笑和流盼含情的目光。我猜想他们要么是热恋的情侣，要么新婚宴尔，或者刚经历过一夜的激情燃烧。他们一定察觉到了我目光里的秘密，从我面前走过时，竟然红了脸庞。

我又看到了那个熟悉的身影。我几乎每天早晨都曾在地铁四惠站入口的台阶上看到他。从冬天到夏天，他始终坐在连接两段台阶的平台上，表情木然，蓬头垢面，目光空空。他面前开着口的破纸箱里零零散散扔着的几张小额纸币，在告诉人们他是一个乞丐，在等待着好心人的施舍。而靠墙竖着的铝合金拐杖和从空荡荡的裤管里伸出的铝合金假肢，在向每个经过者陈述着他在此乞讨的理由，身边堆着的颜色各异的饮料瓶标明的则是他的生活状态。他从不向任何人张口，却在不停地诉说着一切。每次经过他面前时，我总不由自主地把目光投向他的假肢末端“穿”着的破损的运动鞋上，我把口袋里找零的镍币尽数丢进他面前的纸箱，并不作一秒钟的停留。如果发现口袋是空的，我总像犯了错一样，瞬间加快脚步。我不清楚那天他为什么转到了国贸站，就像说不清楚自己为什么要选择从国贸站进入地铁一样。

两列地铁的间隔短暂而漫长，短短的两分钟后，蜂拥而来的乘客已经把站台再次站满。他们像鸟一样收敛翅膀，变成了黑压压的一片。为了避开身边的拥挤，安全员把手中的喇叭高高举起来，不时要求人们退到黄线外候车，她的声音嘶哑，粗鲁，不带丝毫女性的温柔。但没有人责怪她，也没有非议和反抗。大家仅仅向后移动一点点脚步，马上又弓起身子，等待着闸门打开的瞬间，第一个冲进去。

地铁列车像一头钢铁怪兽，席卷着热风浊浪，呼啸着冲过来。

意外的事故就在一瞬间猝不及防地发生了……我是说，一个火红的身影突然冲出人群，迎着轰隆隆的列车，振翅飞了出去。

正在等待着地铁列车停下来的人们失声尖叫起来，几个受了惊吓的女孩子下意识地捂住了眼睛。疾行的列车不得不紧急制动，尖锐的摩擦声从车轮和钢轨之间传过来，径直刺向人的骨髓，然后是车厢里的乘客被惯性驱使着，大片地接连倒下去。站台上瞬间陷入了惊魂未定的骚乱。人们纷纷把探询的目光望向自己面前的陌生人，尽管他们明知自己不可能从对方那里得到答案。

地铁列车踉跄几步，终于在我的前方大约五十米处停下来，所有的目光一起投射过去。此刻，刚刚奋力飞出站台的卧轨者面目朝下，我们暂时还不知道她的名字，更无从知道她为什么选择让高速行驶的地铁列车撞向自己鲜活的身体。我们只看到她被行进中的车头向前推了一段距离后，甩在了靠近站台的钢轨外侧。列车上走下来的乘务员和迅速集中过去的安全员一起跳下站台，弯下腰，把寻死者的身体翻转朝上，试图弄清楚是否还有生命气息存在。他们在最短的时间内做出了判断，然后迅速把死者抬上了站台。

闻讯赶来的地铁警察迅速接管了安全员和乘务员的工作，他们在人群中圈出一片空地，设置下禁入标志后，把死者转移了进去。我站立的位置恰好在禁入标志的边上，因此有机会看清死者。我伸长了脖子，在铁路警察放下死者尸体的瞬间，终于近距离地望见了死者的容颜和打扮：她应该是一位在国贸附近上班的白领女性，身着的鲜红羊毛中长大衣刚刚被疾行的列车撕破了一个巨大的窟窿，前襟沾满了尘土和油渍，墨色的长裙虽然保持着固有的干净，黑色高跟皮靴却只有右脚上的一只。她的身材修长，曲线隐约可见。因为刚刚经历过地铁列车的冲撞，她的嘴角还有鲜血不断涌出来，苍白的脸上却保持着生者的尊严，不见丝毫的恐惧和狰狞……不等我继续看下去，铁路警察就抖开白色被单，把死者严严实实地遮了起来。

不知过了多久，列车重新启动，继续轰隆隆地向前驶去（或者说发生事故的那一班地铁早已经驶离站台，我看到的不过是接下来陆续停靠的众多列车中的一列）。站台上聚集了太多的人，彼此交头接耳，陈述着刚刚发生的一幕。地铁广播在一遍遍地催促滞留的乘客尽快离去，我不得不转过身，走向闸门将要打开的位置，等候着下一班地铁到达。我很自然地看见了残留在铁轨四周的血迹，它冰冷、疼痛，闪着灼灼的血腥，刺得我目眩神迷。

地铁列车缓缓停下来，闸门咔地打开，我第一个逃离站台，冲进了车厢，然后是更多的人，然后闸门闭合，列车缓缓发动，瞬间加快速度，如脱弦之箭，轰隆隆驶入了黑洞洞的隧道，接着在下一站停靠下来，打开闸门，等候人们下车，上车，再继续向新的站点疾驰。

我靠在另一边的闸门上，极目睃巡，竟然又看到了那两个结伴的建筑工，然后是长发女孩，然后是那对亲昵的情侣，然后是残疾乞丐，然后……然后是更多陌生而熟悉的面孔。仿佛刚刚所有的人都被疾驰的地铁撞了腰，现在他们已经回到了固有的生活轨道，只有那个年轻的女子去了另一个世界，并且不再回来。而十几分钟前，她还在和我一起等待着地铁列车到达。我摇摇头，闭了眼睛，在脑海里反复回放着她奋力冲出人群，迎着轰隆隆的列车，振翅横飞的动作。可怜的女子，她一定遭遇了无法承受的内心重负或伤害。选择卧轨之前，她曾想到过无数种不同的死法。她每天乘坐地铁列车上下班，也许只有把身体交给呼啸的地铁列车，她才能鼓起足够的勇气，才能保留下最珍视的女性尊严，才能表达出自己对地铁和这座城市的热爱。经过一夜的辗转反侧，她终于下定了决心，仔细化了妆，穿好最喜欢的衣服，义无反顾地走出家门，乘上了满载着乘客的公共汽车，习惯地在国贸站下了车。这是她每天出入大地深处的地方。进入地铁口的瞬间，她最后回头望了一眼沐浴着晨光的花花世界。我想，在选择把自己交给列车和钢轨之前，她定然在站台上徘徊了很久。她想：为什么没有人过来劝我一句，或者问问我究竟遇到了什么窝心的事情？但所有的人都匆匆而过，没有任何人发现她异常的举动。她鬼使神差地被拥挤的人群推着，站到了候车者的前列。列车呼啸着冲过来，她的思索突然中断，然后，她冲出人群，奋力飞了出去……两行泪水顺着我的眼角扑簌簌滚落下来。

匆匆赶到单位，打开电脑，转到新浪网，果然看到刚才的事故已经登上了社会新闻的头条。新闻没有交代她的姓名以及卧轨背景，也没有任何文字解释她卧轨的缘由，她的名字也只是“一年轻女性”。

竟然还有现场的网友把用手机拍下的视频放到了论坛里！犹豫片刻之后，我还是点开了。我反复地播放着她飞出站台的过程。她的面孔是模糊的，她的身姿也是模糊的，只有红色的大衣一次次展开翅膀，仿佛浴火的凤凰，反复扑向了疾驰的列车。

她终于累了，终于折翅在地铁列车冰冷的轮下。

这个上午我神思恍惚，但没有向任何同事述说心中的疼痛。

下班的时候，我选择了在四惠站换乘。回到家，我坐在书房里，在白纸上写下了这样的黑字：

把嘈杂和喧嚣抛在地面
这循环的大地之脉，在幽暗的灯光下
那些浮躁的人群安静下来

车厢猛地一晃，以后的时光
就是我一个人在黑暗的隧道里孤独穿越
这颤抖的庞大肉体
它将把我最终带向哪里

我的邻座，谁的脸
因为陌生而异常熟悉
她碎花裙前的晚报和爱情小说
哗然抖落脚下，我们的双手
在惊恐中久久不敢分开

而两颗惊惶的灵魂短暂喘息后
迅速回归陌生状态
我的思想瞬间一片虚无
刚开始就将结束的旅程，似乎人的一生
就是光明和黑暗之间的一次穿越

旁边的那个少年，在黑暗中目睹了
这一切，明澈的眸子
溢出无限的凄迷

我说不清明天的地铁将延伸到哪里，但我知道，即使再过百年，我们黑暗中的穿行仍然循环往复，没有终点……

暴雨记

“秋天来了，秋天用果实敲击大地……”这是诗人王家新多年以前写下的诗句——它总是让我在夏秋相交之际，以最快的速度忘记酷夏的蚊蝇、炎热和烦恼，而向往秋日的丰饶、甘甜和灿烂。但 2012 年的盛夏对经年累月生活在这座大城里的人们注定难以释怀——谁会想到市中心广场距离沙漠直线距离仅有 80 公里远的干旱之城也有突然变成水乡泽国的一天。“去天安门看海”不再是一句玩笑，而且有更多的道路都抑制不住地在夜色里变成了河流，肆无忌惮地抖动着波浪的鬃毛，熄火的车辆仿佛一只只漂浮的船坞，数十人被一夜间夺去了生命，并且还没有被记起，就已被亲人之外的社会大众遗忘。仿佛他们生来就只属于这个夏天的和暴雨有关的短暂记忆。我曾在一首诗里写道："这个城市已经禁受不起 / 一朵雪花的诗意绽放。"真是荒唐，它竟然成了一个诗人对现实的预言——类似的"水乡泽国"在此后的几天里漫向了更多的大小城市——这些钢筋铁骨的巨兽！

暴雨来得猝不及防。气象台发布了黄色预警，并且在极端的时间后干脆把预警级别提到了红色，但对屡次的错误预警早已愤慨不已的市民依然不管不顾地按照日常的节奏出门或回家，逛街或购物。他们没有听到上帝的警告：这一次你们错了！气象台的预报不但没有落空，而且出奇的精准——云层堆积，天地昏暗，狂风挟裹着暴雨，从不同的方向，或潇潇而来，或迎头劈下。雨掩映的街巷迷蒙而模糊，树木和建筑物飘摇动荡。全金属的汽车没有惧怕，依旧亮了前后灯，在雨幕里廓开一条光柱，气汹汹地低吼着，表达着对别家车主的不耐烦。行人是十分稀少了。他们以最快的速度钻进了密闭的车厢，躲去了不被淋雨的商场、银行营业厅、咖啡馆——等待或赶路。

仿佛洞悉了人们心底的秘密，暴雨的嘴角闪过一丝狰狞，挥舞起闪电和雷霆，把更多的雨水倾倒下来——它已不想把时间留给这些麻木的人，更不理会黑夜已经悄然降临。躲雨的人们渐渐烦躁起来，再无心于 QQ 里调情，再无心于微博上斗嘴，再无心于远近电视里美轮美奂的画面——他们只想早一点回到生命最安全的地带，回到那个叫家的安乐窝里去。已经发动车子的人们以为自己是幸运者（你能从他们的表情上看出来），他们不知道这一次自己根本错了，车子只驶出几百米就不得不停下来。道路上已经排起了汽车的长龙，一律打亮了前后灯，互相照耀着。车轮已经很久不曾移动，部分已陷进了积水里。这时如果有人从车厢里跳出来，会看到此刻的街道已经变成一条积水的河流，排成长龙的汽车则是河流之上的另一条河流。一条条环路就是一条条立体的河流。

汽车收音机里，交通台的节目主持人越来越密集地增加着关于这场暴雨的播报——更大的雨，更多地方的积水，断路，但没有谁能想到灾难已经沿着黑暗悄悄降临。许多日子之后，走在曾经一片汪洋的大街上，我突然想到，那个暴雨之夜有多少人被无边无际的暴雨阻在了路上？他们经历了怎样的内心煎熬？他们的人生是否会因此而发生改变？我下意识地抬眼望过去，在我的视野之内，一辆辆汽车却不看我一眼，一路轰鸣着，在钢铁的河流里疾驰去远。

这就是 2012 年盛夏的暴雨之夜。这个夜晚，我在安华桥旁边的一家湘菜馆里和外地来京的一位朋友聚会吃饭，和我们一起的是另外几位平时相聚并不很多的诗人朋友，但因为诗歌，我们相约来到了这里。我们先后到来时暴雨还在路上，或者还在天上。我们要了这家湘菜馆最靠里的一个包间，要了满满一桌子湘菜，要了青龙瓷瓶的牛栏山二锅头，要了冰镇的燕京纯生。朋友们问我喝啤的还是白的。我说就农夫山泉吧。他们都笑起来。我只好红着脸多要了一个杯子，并且让服务员在杯子里斟满了白酒，过了一会儿，在与大家几次碰杯后居然喝干了。我不清楚那晚大家喝了多少酒，因为三杯白酒下肚之后我着实有些头晕，然后，居然低着头坐着睡着了，被挨着的哥们喊醒后，就向大家提出先回了。征得所有人同意后，我飘飘忽忽下了楼，到门口却发现暴雨已经封了门，风把雨道斜刮进来，呼啦泼在我头上和身上。我一下子清醒了许多——这么大的暴雨，此时离开是不可能了。再转回去又怎好意思——毕竟已郑重其事地向每一个人道别。我决定等下去，等雨停下来或者变小一些，夏天的雨总是如此，我不信它会一直这样蛮不讲理地泼下来。

我站在饭店门口，望着雨水恣肆的道路，汪在水里的灯光照出了树木随波荡漾的影子。街道上没有行人走过，也不见一辆的士驶过。更长的时间过去了，仍然没有一辆的士驶过。我眼皮沉如铅块，倦意重新升起，后来就换了位置，挪去了靠里一些的沙发上，许是酒劲还没有缓过来，坐过去不久，就又迷糊了过去。等完全清醒了，再回去吃饭的包间，发现那里已经不见一个人影。后来我一个个打电话过去，他们竟然谁都说不清楚那个晚上自己到底喝了多少酒，最后谁埋的单，各自又是什么时候回的家，是怎么回的家。真是奇了怪！但大家都平安度过了那个暴雨之夜是确定无疑的，这让大家无不感到庆幸。

再没了滞留的理由，我径直下楼，头也不回地冲进了雨中。没有伞，雨点密集地落在身上和头上，有点凉，落在眉头上，皱几下后就有些生疼。我犹豫了一下，还是加快了脚步。从湘菜馆到安华桥不足百米的距离，站在三环路边，我很自然地就看到了雨中的汽车长龙，从摇下的玻璃窗里伸出的模糊的脑袋的剪影，安华桥下积水中飘起来的300路公交车像抛锚的渡船，从我身边偶尔经过的人影。乘公交和打的不啻都是奢望了，那么深的水，堵得那么死，总不能从别的车顶上飞过去。只能去最近的鼓楼地铁站碰一碰运气了。我这样想着，跨过天桥，拐上鼓楼外大街，但脚步明显慢下来，因为越往前走，道上的积水越深，半个小时后，雨水已经过膝盖，鞋子里扑哧扑哧响，每走一步都十分困难了。雨也更大，劈头盖脸泼下来，甚至不允许行路者去仔细打量周边黑黢黢的建筑是否关门，只凭着感觉，深一脚浅一脚向前摸索。好在路程不远，我甚至没有生出丝毫的动摇，但平日只需半个小时的路程还是走了足足一个小时。淋淋沥沥一身水，活活泼泼一雨人。下到地铁里，却被告知地铁当晚十点已经停运，只好无限沮丧地转回身，一步一步把近百级台阶爬完，才爬回地面，在地铁口等了不知多长时间，反复不停地招手，谢天谢地，终于等到一辆的士在我面前慢慢停下来。我急忙拉开车门，迅速坐进去，说："通州！尽可能走高架，千万不要走桥下。"我接着又说："给你加一倍的车钱。"

"不用客气。"出租车司机淡淡地说，然后调转车头，撒欢似的冲上了二环路。

二环路上竟然没有我想象中的汽车长龙，我下意识地从包里掏出手机，时间显示已是凌晨两点，我长长地吐出一口气，但心里仍然不能安定下来。一个小时后，我从的士里跳下来，要付两倍钱，司机再三推辞，最后终于象征性收了找零。谢过司机，转进单元门，走几步，终于站在了家门口，使劲摁了好一会儿门铃，妻才睡眼惺忪地开了门，嘟嘟囔囔地斥责道："这么大的雨，为什么不就近找个宾馆住一宿？猪脑子啊你！"

我这才后悔不迭地使劲拍着后脑勺。就是啊，这多简单的事儿，我记得湘菜馆旁边就是汉庭商务酒店，我为什么就没有想到过去登记个房间呢。不是猪脑子又是什么呢？

我开了饮水机，自己倒了一杯开水，慢慢喝下去，才定了神，转去卧室躺下了，黑暗中听着窗外的雨声忽大忽小，忽远忽近，在试图把暴雨的碎片连缀在一起的反复中沉沉睡去。

第二天是一个响晴天，从屋子里出来，我第一眼就看见了树叶和草尖挂着的水珠，它们在阳光里分外澄澈和圆润，而且似乎要展开翅膀飞起来，伸一个懒腰，骨头深处隐隐传来噼啪的脆响，如果不是接下来从网络和媒体上看到的有关这一暴雨和死难者的海量报道，我会以为这个暴雨之夜只是一场噩梦，我在新生的早晨醒来，迎着阳光，张开了虚无的化蛹成蝶的翅膀。

你以为你是谁

这个题目借自作家池莉的小说，尽管小说没有拜读，这句话却一下子击中了我，让我当时就愣在了那儿。我慢慢合上了书，是的，我得静静地想一想，我究竟是谁？

我最初的写作是从二十世纪九十年代初开始的，那时候我还在家乡一座小镇上晃悠。我在公开发表的第一首诗里写下了这样的句子："一粒麦子停在我的掌心 / 它告诉我们 / 我们从哪里来 / 我们到哪里去 / 我们是谁。"那时候我还年轻，不知道天有多高，地有多厚，留着长长的头发，表情冷峻，一副诗人和哲学家的深沉模样，遇到相熟的人打招呼，总是嘴哼鼻子哼的，很不耐烦。我母亲却不这样认为，她问我，是不是他们都欠了你的钱，才惹得你总拉着脸？我知道母亲是在敲打我，头也不回地出了门。后来又看了些书，才知道这句话早在一百多年前就已经被一个叫高更的法国人说过了，我只不过拾人牙慧而已，我嘴上没说什么，心里的失落却是你能想得到的。

终于有一天，我再耐不住乡村的寂寞，扔下那份不错的差事，孤身一人背着简单的行囊杀来了北京，虽然居之不易，但我还是很快安定了下来。我供职的杂志社早不如十几年前门庭若市，但仍有一干隔山隔水风尘仆仆赶来的作者不时上门，他们神色忐忑，态度谦恭，茶水也不接，就从包里拿出厚厚一沓诗稿，喊我老师，请我“批评指教”，仿佛此刻我一句话就能给他们一个锦绣前程。我虽然尽力做出亲切状，决不颐指气使，却仍难免伤人脸面和自尊。开始倒还常常不安，渐渐就麻木了，很拿自己当回事，以为自己就是指点迷津的仙人神灵了，心里也禁不住美滋滋的，对着镜子照照，整个一副小人得志的嘴脸。

时间长了，渐渐有了自己的朋友圈子，再通过朋友认识了更多朋友的朋友，大家聚到一块喝酒吹牛，朋友的朋友就问："这位尊姓大名，何处高就？"朋友赶紧介绍，说，谷禾，很优秀的青年诗人，在《××》《×××》《××××》等大刊物上发过许多大作，现在著名的《×刊》工作。朋友的朋友嘴上说着久仰久仰，一边仍然一脸茫然，甚至不屑，伸过来的手虽不好意思再抽回去，却只象征性地拉了拉我的三个指头。

接下去，酒继续喝，牛继续吹，心下却早没了味道和兴致。朋友的朋友不知道我是河南人，或者明知我是河南人，故意逗我，有关河南人的段子一个接一个被他眉飞色舞地信手拈来。最后他说，怎么样，阁下不来一段？我居住的小区附近是另一个新起的居民小区，工地上日以继夜奔波忙碌的建筑工人，大都来自河南。他们拿最低的工资，干最累最脏的活，受最多的白眼和埋汰，领班的师傅告诉我，他们是他用过的最好的民工。我白天上班或晚上散步，经常会不由自主地停下来，远远望他们一会儿，几乎每一次，都看见某个正在忙碌的民工会突然丢了手上的家什。师傅说那是他们在睡觉。我顿了顿，接着说，第一，你眼中的河南人，怎么看都像日本人眼中的中国人；第二，作家张宇说过，河南人就是全国人没出息的爹。然后，我愤然走了出去。我一边走，一边哼着小曲儿。“我也涮了狗日的一把。”我咧开嘴，傻乐起来。

春节放假期间，终于有机会回了一趟远在河南农村的老家。我坐了一夜的火车，又从安徽亳州坐了两个小时的汽车，来到一个叫南丰的镇子上，找到熟人，借一辆半旧的自行车骑上，骑过半个小时，终于到了一个叫大周庄的村子。我又看到了那些低矮的土坯房、那些光秃秃的桐树和枣树、那些在树下反刍的牛、散步的羊、拱土的猪，它们只抬抬眼皮扫我一眼，又继续干起自己的事情来，仿佛不认识我似的。又往前走，就看见了那些在墙根下晒太阳的老人。他们喊着我的乳名，说回来了。我说，回来了。他们还把碗里的饭端到我面前，说饿了就先吃点，出去几年怎么瘦了？要是混不饱肚子就干脆回来！我回到家门口，看到我家的大门是锁着的。邻居告诉我，说你大和你娘去田里浇水去了，让你回来了就去田里找他们。我把行囊放到邻居家里，喝了邻居倒的热腾腾的红糖茶，骑上自行车去了村东的麦田。远远的，我就看见了两位老人的影子。我的母亲正守着喷灌机。父亲的身上围了一块白色塑料布，两只手吃力地把着管子，白亮亮的井水仿佛是从他胸腔里窜出来似的，划一道美丽的弧线，呈扇形直冲向前边很远的地方。我赶紧撂下车子，也拿一块塑料布围在腰间，奔过去接过了他手上的喷水管。父亲蹲在离我不远的地方，抽一支纸烟，笑眯眯地望着我。他的目光是我所熟悉的，那是他望着田里马上就要开镰收割的庄稼的目光。

我的眼前突然云开雾散，我终于知道我是谁了。

夜读四札

乡村少年之《静静的顿河》

“割到那丛树棵子跟前，我把镰刀砸一砸。”格里高力心里想道，接着就感觉到镰刀砍着了一个软乎乎的东西。弯下腰一看：脚底下有一只小野鸭正吱吱叫着一瘸一拐地朝草丛里钻去。在做窝的小坑旁边还有一只小野鸭，已经被镰刀砍成了两半；其余的小鸭都啾啾叫着，四面散开，钻进了草丛。格里高力把砍成两半的小鸭放在手掌上。脱壳才几天的棕黄色小鸭的绒毛里还冒着热气。那张着的扁扁的小嘴上还带着粉红色的血泡，小小的眼睛顽皮地眯缝着，还很热和的小爪子轻轻哆嗦着……

这是肖洛霍夫的小说《静静的顿河》（力冈　译）中的一节。之所以开头即提到《静静的顿河》，是因为我至今难忘第一次读到这本书的情景，以及无处不在的精妙而准确的生动描写。

确切地说，《静静的顿河》是我第一本完整阅读的外国长篇小说。那时我十五岁，初中毕业后考入了邻县的师范学校读书。有一次到管理学校图书馆的老师家里去玩儿，看到四大本砖头厚的《静静的顿河》目光威严地排列在书架上，突然就来了兴趣，没假任何思索就张了口。没想到老师竟答应了，而且非常爽快，只是提醒我不要误了功课。我如获至宝，一溜儿小跑抱回了寝室，找来几张报纸，包了书皮，小心翼翼地藏到了枕头下。仿佛藏起的不是几本书，而是一个熟睡的婴儿，稍有不慎就会弄碎了他呼吸似的。

因为幼时曾为借得一本连环画而连续给邻居割草一个星期仍不能如愿，突然竟遇到了这等大方的老师，我简直犹在梦中，每晚下了自习，迅即冲出教室，撞开寝室，爬上双层板床的上层，在第一时间揿亮了台灯，很快就沉入了肖洛霍夫的顿河世界。

之前我认定读书是这个世上最美好和享受的事情，肖洛霍夫极富诗情画意的描写也豁然打开了我无边无际的想象：气象万千的乌克兰草原，奔腾不息的碧蓝波浪，顿河两岸星罗棋布的村庄，清香四溢的牧场，随风起伏的野花和青草，白桦林在暮霭中默然肃立——美丽而野性不羁的阿克西尼娅出场了，我不谙世事的少年之心随着也怦怦狂跳起来——以格里高力为代表的顿河哥萨克的命运在战争的硝烟里生死浮沉，一切都无比新奇、陌生，而又如此熟悉。随着故事的逐步展开，人物的命运也如顿河的天空一般越来越布满了电闪雷鸣和狂风暴雨。近乎窒息的折磨和煎熬就这样不期而遇地袭击了一个乡村少年的不眠之夜，它仿佛施了法术一般地吸引着，死死纠缠着我，我为每个人物的命运而牵肠挂肚，而撕心裂肺。

许多个晚上，室友们从梦中醒来，看到屋子里还亮着灯，总少不了嘟嘟囔囔地催促或者埋怨几句。我赶紧熄了灯，又不甘心，躺在床上辗转反侧。第二天干脆去学校门口商店买来了一把手电筒，再到晚上就方便了许多，跟室友同时关了灯，钻进被窝，赶紧揿亮手电筒，接着读下去。被窝里有些憋气，却不再招来室友的催促和埋怨，想到这些，心里竟生出了几分得意。但渐渐地，跟从着格里高力和阿克西尼娅的生死沉浮，我的心情也一次次地被抛上波峰，摔下浪谷，有时整个身体都跟着筛糠般地不住战抖起来（以后多年读书可以千册计，却再没有如此的身体反应）。尤其读到格里高力的母亲伊丽尼奇娜行将去世的章节，更是牙齿如鼠类般吱吱咬合着，止不住潸然泪下。

连续失去几位亲人后，女儿也出嫁了，伊丽尼奇娜的心一下变成了一座空无所依的老房子，孤独如荒草蔓延，日益占据了伊丽尼奇娜的身体，使她几乎失去了活下去的力气。但伊丽尼奇娜心还没有死去，她在绝望中苦盼着儿子格里高力回来，她心力交瘁，终于倒在了病床上。中午的太阳在窗外的天空照耀着，几片白云在蓝色的天幕上飘着。伊丽尼奇娜躺在病床上，变得出奇地安静，她对儿子的思念恍惚变成了梦一样欢快的回忆。听着蝈蝈在墙根下的青草丛里不住气地鸣叫，闻着阳光下晒草的馥郁清香，伊丽尼奇娜的眼前渐渐幻化出了骄阳似火的八月草原、金黄色的麦茬地，她清清楚楚地看见了在野蒿丛里吃草的老牛，看见一辆撑着车篷的牛车，闻到了浓烈的野蒿苦味……接着她看见了她自己——一个高大、美丽的年轻媳妇……麦茬子在她脚底下沙沙响着，热风吹拂着她的衣衫，她弯下一只胳膊托着沉甸甸、紧绷绷、饱胀的乳房，循着儿子的哭声加快了脚步……她终于看见了襁褓中的儿子格里高力，迫不及待地把乳头儿塞进了格里高力紧咬着的牙缝儿。她听着儿子吮奶的声音，从垂下的睫毛底下看见了儿子的笑容和那笑眯眯的眼睛里的蓝蓝的眼白……她热得喘不过气来，眼前的一切却渐渐变得暗淡，并越来越暗淡下去……伊丽尼奇娜恍恍惚惚在自己的一生里行走，她最后留下的一句话是："……看样子，我等不到他回来了……唉，见不到他了！"伊丽尼奇娜就这样带着对儿子无尽的思念走了，我的少年之夜突然变得一片漆黑。我揿灭了手电筒，在黑暗中睁圆了双眼，任凭热泪恣肆涌流，打湿皱巴巴的枕巾。

我不可能再睡下去，披了衣服，爬下床，小心带上门，走出了寝室。我仿佛也看见了死亡挥之不去的身影，却没有丝毫的恐惧。我记得那是深秋，没有月光，整个校园里静悄悄的，没有风，头顶的桐树叶子却不断落下来，声音异常清脆。我仰起脸，望向夜空，望见满天的星光分外密集，分外明亮，交织的光芒似乎正不断地倾泻下来，不容挣扎地要把我的少年之夜埋葬。

三个星期后，我对《静静的顿河》的阅读终于进入了尾声，也渐渐把波澜起伏的心情放平静了，尽管现在回头来看，它是那样的短暂和漫长。

格里高力的情人，女主人公阿克西尼娅的生命终于也走到了尽头——阿克西尼娅死于征粮队黑暗中的乱枪，格里高力把心爱的女人埋葬了，他用手掌把坟包上的黄土仔细拍平了，又低下头，轻轻摇晃着身子，在坟前跪了老半天。

接下来，肖洛霍夫这样写道：

在灰尘弥漫的旱风中，太阳渐渐升到

土沟的上空。阳光把格里高力的没戴帽子的头上那密密的白发染成银色，阳光在他的灰白的、僵得十分可怕的脸上不停地晃动着。他抬起头来，好像是从一场噩梦中醒来，看到头顶上是黑黑的天空和亮得耀眼的黑黑的太阳。

好个“黑黑的天空和亮得耀眼的黑黑的太阳”！这样陌生的景象的突然映现，突兀而悖于理性，细想却无比准确而真实。那一瞬间，格里高力一定回想起了这些年的戎马杀伐，多少哥萨克兄弟成了冤魂，多少亲人埋骨黄土，如今，自己最心爱的女人也撒手而去，所谓死也寂寂，生也寂寂，也许这幻觉中的世界才是最真实的，也是唯一的。

带着一颗破碎的心，格里高力终于回到了顿河边，回到了生养他的鞑靼村，他把步枪和手枪都扔到了水里，然后把子弹也撒了出去，在大衣襟上仔细擦了擦手。仿佛他已从噩梦中醒来。已经毅然同过去一刀两断。格里高力返回了故土，他仍然有着一颗活生生的心灵。

> 他站在自家大门口，手里抱着儿子……
>
> 这就是他这一生仅剩的东西，有了这东西，他还感到大地，感到这广阔的、在寒冷的阳光下闪闪发光的世界是亲切的。

多年以后，我以同行的挑剔目光再次审视肖洛霍夫创造的顿河世界和哥萨克形象，我的目光还是被死死钉在了这里——这里是《静静的顿河》的结尾，也是“静静的顿河”新的开篇。我不由不一次次叹服肖洛霍夫的雄浑笔力。

《静静的顿河》究竟凭什么占据了当初那个乡村少年的不眠之夜？我想是作品毫不避讳的对自然和人物心理的真实描写，这种真实甚至达到了噬心的程度；也是作家所着力彰显而又无处不在的人的魅力，是活生生的“人”的魅力深深打动了那个懵懂的乡村少年。

轻轻合上最后一页，我的心里突然感到了从来不曾有过的轻松。那一瞬间，乡村少年的不眠之夜突然变得一片阳光灿烂。你知道，这当是某颗种子落地生根并悄然萌芽溅起的铮铮回声。

多年以后，每当我走进书房，脚步转向长长的敞开的书架，目光总是习惯从最中间一格的顶端开始。因为那是属于《静静的顿河》的位置，那是独属于我的十五岁的乡村少年之夜。

一只笼子在寻找它的鸟

“一只笼子在寻找它的鸟。”

读《卡夫卡书信日记选》，我的目光突然被死死钉住了。我们无法判断卡夫卡的真实意指，但假如肉体是那只在天空中飞翔的笼子，那么，它的鸟隐藏在哪里？它用尽一生能找到属于它的鸟吗？

卡夫卡短暂的一生为迷恋他的后辈留下了不止一个这样的笼子。具体点儿说，他的笼子当然包括了他的风格怪异的三部长篇和几十个短篇小说。所幸的，临终嘱咐朋友马克斯·布罗德将他的所有未发表手稿全部烧掉的卡夫卡，最终还是让这些笼子寻找到了属于自己的无数只鸟。

我们还是先来看看他不足两千字的《骑桶者》（王敏　译）吧。

所有的煤都用光了；煤桶空了；铲子没有用了；炉子散发着凉气；屋子里充满了严寒；窗外的树僵立在白霜中；天空犹如一块银色的盾牌，挡住了向他求救的人。我必须有煤！我不能冻死！我的身后是冰冷的炉子，面前是冰冷的天空。因此，我现在必须快马加鞭，到煤贩子那里去寻求帮助。对于我一般的请求，他一定会麻木不仁。我必须向他非常清楚地表明，我连一粒煤渣都没有了，而他对于我来说简直就是天空中的太阳。我必须像乞丐一样前去——当那乞丐由于饥饿无力地靠在门槛上，奄奄一息的时候，主人家的女厨师才决定给他喂点残剩的咖啡——煤贩虽然很气愤，但他一定会在“不可杀人”的戒律光芒的照射下，不得不把一铲煤扔进我的煤桶里。

怎样前去无疑会决定此行的结果，所以我骑着煤桶去。像骑士那样，我双手抓住桶把手——一个最简单的辔具，费力地转下了楼梯。但是，到了楼下，我的桶就上升起来……

决定了“骑着煤桶去”讨一铲煤，煤桶竟然真的缓缓向上飞了起来，骑桶者乘着它，高高漂浮在煤店老板的地窖穹顶前，和煤店老板对起话来。我们暂且忽略骑桶者的反复哀求（因为它没有超出我们的想象），以及他和煤店老板夫妇的对话内容，反正最后他终于不但没有如愿以偿，而且被老板娘用围裙扇去了遥远的冰山区域，而且永远消失，不复再见。

《骑桶者》称不得卡夫卡小说的上品，但它管中窥豹式地表现出了卡夫卡杰出的小说才能。卡夫卡的卓尔不群表现在他第一个让骑桶者一旦决定了“骑着煤桶去”讨一铲煤，就真的让煤桶缓缓向上飞了起来。“让岂能，及无所不能。”这也许就是卡夫卡作为现代小说先驱的价值所在。在我看来，卡夫卡无疑是一个天才，因为天才从来就只认定最荒诞的真实，所以他不去关心存在本身是否合理与真实——譬如梦，譬如骑桶者的梦，譬如卡夫卡的梦！

作为一个小说家，卡夫卡决不放过借用小说演绎梦的机会。

我陷于极大的窘境：我必须立刻启程到十里之外的一个村子看望一位重病人，但狂风大雪阻塞了我与他之间的茫茫原野。我有一辆马车，轻便，大轮子，很适合在我们乡间道路上行驶。我穿上皮大衣，提上出诊包，站在院子里准备启程，但是，没有马，马没有啦，我自己的马在昨天严寒的冬夜里劳累过度而死了。我的女佣现在满村子里跑东跑西，想借到一匹马，然而我知道这纯属徒劳。雪越积越厚，行走越来越困难，我茫然地站在那里……我心烦意乱，苦恼不堪，用脚踢了一下那已经多年不用的猪圈的破门。门开了……一股热气和类似马的气味扑面而来……于是两匹健壮的膘马相拥而现，它们的腿紧贴着身体，漂亮的马头像骆驼一样低垂着……长长的四肢，浑身散发着热气……

几乎和《骑桶者》没有什么不同，在另一篇小说《乡村医生》（温仁百　译）里，当年迈的乡村医生需要马匹载他出诊时，那马真的就出现了。

卡夫卡真是一个了不起的家伙。

而且那两匹马在后文里还能够自己松开了缰绳，把窗户从外边顶开，把头伸进一扇窗户，观察着病人。仿佛接受着乡村医生的意念控制，随时出现和消失，根本没有任何铺垫和忌惮。我想这两匹马如果不是出自乡村医生的欲念，一定来自他的某个风雪之夜的梦境。甚至医生因为最后没有治愈患者的创伤，而被患者家人脱光了衣服，赶出门外，他所求的最后的安慰也是从两匹马的身上获得的——“在这最不幸时代的严冬里，我一个老人赤身裸体，坐在人间的车子上，而驾着非人间的马，四处奔波。”

这个绝对清醒而又不能不一次次听信深夜急诊的骗人铃声的可怜家伙。

《乡村医生》是一篇典型的“仿梦小说”。其实卡夫卡的绝大多数小说何尝不是一个个编织得足以以假乱真的梦境！他只以小说的形式制作成了一个个若隐若现的笼子，又神不知鬼不觉地捕获了我们这些浑然不觉的呆鸟罢了。他的一系列作品所向人们展现的是源于我们内心的更深层面的真实——同时指向我们身外的世界和梦境的乌有之乡的真实。

蒙田说“强劲的想象产生真实”。而想象不过是一只只金丝笼子，此刻它正敞着虚无的门扉，等着我们飞进去。

当格里高尔·萨姆沙从不安的睡梦中醒来，发现自己躺在床上，变成了一只巨大的甲虫，我们意识到，他已经不可避免地掉进了这只无形的笼子，死亡不期而至，严严实实地束缚了他的身体。卡夫卡利用他天才的想象给推销员穿上了甲虫的外壳。

推销员的内心仍然是无限的，但他的行为空间突然被压缩在了咫尺之内。卡夫卡不给读者任何的怀疑余地，而是一开始就让无法否定的现实，组成一系列新的生活场景。小说的所有细节，包括甲虫的心理活动以及甲虫家里的人情变化，都带着一种不容置疑的真实掌控着。格里高尔·萨姆沙只是一个老实勤恳的旅行推销员，但他的举止却完全变化了。他的家人把他完全当成了一只甲虫，甚至读者也丝毫没有了这样的怀疑。这只甲虫代表了卡夫卡内心的所有孤独、郁闷、苦恼，以及他所感受到的人世的陌生、冷漠和势利。在阅读的过程中，我们关心的不再是格里高尔·萨姆沙能不能变成甲虫，而是他变成甲虫的经历和遭遇。我们在不知不觉中深深领略了强劲的想象所产生的不容置疑的力量。

格里高尔·萨姆沙终于怀着对他的全家人绵绵无尽的温柔和爱意呼出了最后一丝摇曳不定的气息。他的父亲说："让我们感谢上帝吧。"他的母亲"脸上带着忧伤的笑容”，准备“迎接新的生活”。“他们乘电车出城到郊外去，车厢里充满温暖的阳光。”旅途终结时，他的妹妹“第一个跳起来，舒展了几下她那充满青春活力的身体”。

这就是他的结局！“巨大的甲虫”格里高尔·萨姆沙终于结束了自己的生命旅程。

12 年后，天才的卡夫卡因患喉结核死于维也纳附近的一个疗养院，享年四十一岁。

存活下来的我们仍然一如既往地在这个由天空、大地、水和空气编织而成的巨大的笼子里，穿着各式的衣服，上班、下班、奔忙、劳作、辛苦、挣命。我们的身上包裹着一副无形的坚硬甲壳，同时也在不停地扇动着两只伤痕累累的翅膀。

谁能置身于时间之外

即使没有相遇博尔赫斯之前，我也曾不止一次问自己：谁能置身于时间其外？多年以后，英国作家麦克尤恩的《时间中的孩子》（何楚　译）试图通过孩子的丢失给父母造成的强大心理伤害，来反复探讨时间的多种可能性。他告诉我们，时间不仅是人对外部世界存在的一种理性把握，更是人的一种生命体验，是人的生命形式。

希望搬家到海边沙之堡的三岁女孩凯特消失在某个下午的超市，并一直没有再次出现，留下父亲斯蒂芬不停地在潜意识和生活里苦苦搜寻。斯蒂芬的妻子朱莉也因承受不了丢失女儿的打击，离开斯蒂芬去了乡间小屋独住，试图默默地医治内心的伤痛。但凯特仿佛挥之不去的幻影在随着斯蒂芬的记忆一起长大。火车站里脏兮兮的乞丐女孩，小学里的女孩露丝……她的灵魂像盘旋在城市上空的蜻蜓，飞速扇动着翅膀，在斯蒂芬停留过的地方留下熟悉的味道，让斯蒂芬陷在疯狂的思念里而不能自拔。

随着故事向纵深展开，斯蒂芬丧魂落魄、寝食难安的时光被反复拉长了，麦克尤恩在这个关于寻找和丢失的故事里编织进了更多的有关“孩子”诞生和死亡的故事。

去白厅参加官方育儿委员会每周的例会途中，一个流浪街头的约五岁模样的瘦削女孩引起了时时在生活中寻找丢失女儿的斯蒂芬的注意。他破例给了女孩一张五英镑的钞票。但十个月后，当斯蒂芬再次见到这个乞丐女孩时，却是在这个火车站的站台上。斯蒂芬将自己的大衣脱下来披在她蜷缩的小身体上。但乞丐女孩已经浑身冰凉，冻死在寒冷的三月街头。

斯蒂芬的朋友查尔斯男爵早年经商，中年从政，官至政府部长，并且和首相保持着密切的个人关系。正当可以大展宏图之际，查尔斯却突然退隐山林，成了个卷起裤腿、口袋里揣着弹弓、整天爬树的快乐“男孩”。也是在这个乍暖还寒的三月，他孩子气地把自己埋葬在了白雪皑皑的参天大树下。

多年以前，女店员克莱尔爱上了年轻的军人道格拉斯。当她满心欢喜地告诉未婚夫她已怀孕时，道格拉斯害怕和退缩了。克莱尔非常失望和伤心，她准备打掉这个不受欢迎的孩子。然而当他们坐在酒吧里时，克莱尔从窗户上看到一张小孩的脸。“它正朝酒吧里看，带着恳求的表情。”她认定那就是自己腹中孕育中的婴儿，现在他竟活生生地站在了自己眼前！“她第一次意识到它是一个独立个体，意识到她必须用自己的生命去保护它。”这个被保护的婴儿就是尚在母腹中的斯蒂芬。三十多年后的斯蒂芬在小树丛中的幻觉，同样云游到洪钟酒吧，他遇见穿过他身体的父母的视线，在窗子上留下了淡淡的影子。

斯蒂芬曾去看望她，因为无法共同面对失去爱女的悲惨现实，斯蒂芬无言离去。但最终他们还是通过种种努力从丢失女儿后的窒息和麻木中挣脱了出来，重新获得了爱的希望和能力。

三年后，他们终于能一起为失去的、无法替代的孩子哭泣，也为那即将降生的新的孩子而欣喜。“当他们再也不能挽回失去女儿的损失时，他们将借助新孩子来爱她，并且永远期待着她回来。”

作为《时间中的孩子》的另一个重要的因素，“时间”无处不在，并被不断强化。小说开始在“五月末，早上九点半左右光景”。也就是斯蒂芬的三岁女儿凯特丢失差不多两年后。这两年的时间对斯蒂芬来说简直如同梦魇般漆黑一片。斯蒂芬随时都会下意识地留意着五岁左右的小女孩。他固执的寻找和内心挣扎在沿着洁白的书页间渐次展开：五月末，六月中旬，夏天，九月下旬，十月中旬，临近圣诞，年初，三月……耳畔仿佛咔咔的指针在轰响，时光无情地流逝，而寻找没有尽头，也永远不可能停顿下来。

不消说，是孩子与父母隐秘而紧张的关系在斯蒂芬的心里留下了巨大的阴影。但斯蒂芬不可能想到，正是作为这个成人世界核心力量的父母，造成了孩子这样或那样的“丢失”状态。在《时间中的孩子》中，“丢失”的不仅是凯特和乞丐女孩，斯蒂芬错认的九岁半的露丝又何尝不是一种丢失——孩子成长中的丢失。查尔斯希望像鸟一样生活在树上，他要寻找和补偿的是童年无拘无束的快乐，并试图通过这样极端的方式获得欲望的满足，结果当然可想而知。由于成年人的偏见和漫不经心，我们在一再地弄丢孩子的同时，也弄丢了自己。我们能够在时间中重新找回来吗？试图要像鸟一样生活在树上的查尔斯的结局给了我们明确的答案。尽管在小说的最后，新生命的诞生仿佛最隆重的礼物，赋予了斯蒂芬夫妇以新的时间，“作为对他们即将怀着爱一起重返的世界的答谢”，但却并不能因此改变时间一点点的运行速度。

从哲学的层面上说，麦克尤恩的探讨并没有超越他的前辈艾略特在《四个四重奏》（裘小龙 译）

中的表述：

时间现在和时间过去

也许都存在于时间将来，

而时间将来包容于时间过去。

如果时间都永远是现在，

……

那本来可能发生的和已经发生的

指向一个终结，终结永远是现在。

足音在记忆中回响

沿着我们不曾走过的那条通道

通往我们不曾打开的那扇门……

我当然不会因此而否定麦克尤恩。因为在时间的迷宫里，没有谁能置身其外。所以他反复探讨和追问的唯一结果仍然是没有结果。

单纯从小说的叙事层面上来说，《时间中的孩子》无疑始终保持了英国小说绅士般的温文尔雅，但我们同时也感到了麦克尤恩阴郁目光的犀利和冷冽，它如刀锋，瞬间划过了存在虚无的心脏。

活着的人需要再生

在无名的城市，无名的男人驾着自己的汽车回家，在十字路口相遇黄绿灯转换，等到绿灯亮起时，他的眼前却突然白茫茫一片，仿佛沉浸在“牛奶的海洋”中——他成了这座城市的第一个失明症患者。

故事由此展开：主动赶上前来帮忙的过路行人驾驶着失明症患者的车送他回家，却心生歹念，趁机偷走了失明症患者的汽车，巨大的恐惧让偷车贼最终选择了弃车步行。行走之中，偷车贼也突然失明，而且症状和第一个失明症患者完全一样。第一个失明症患者的妻子回家后，立刻带着丈夫去眼科诊所求治——医生反复检查后并没有发现患者有任何病变异常，自己却在当晚也突然失明。接下去，第一个失明症患者的妻子，眼科医生，当日曾在眼科诊所求医的戴墨镜的年轻姑娘，一个斜眼小男孩，以及凡与他们有过接触的人们均先后失明（只有眼科医生的妻子是个例外）。所有失明症患者眼前都是浓浓的白色，仿佛睁着眼睛沉入了牛奶的海洋。

整个城市陷入了前所未有的恐慌中。为控制失明症——当局讳称其为“白色眼疾”的蔓延，所有已失明患者和与其有过接触的人被强制性收容进闲置的精神病院隔离起来（眼科医生的妻子佯称自己也已失明，陪伴丈夫进了精神病院，成了盲人世界的唯一见证者，亲身经历了地狱般的隔离生活，并成为故事的见证者和叙述人）。

失明症的蔓延肆虐瞬间彻底改变了这座城市——由于怀疑失明症是通过目光传染，当局通过广播颁布了多条训令，其中有“在事先未获允许的情况下离开所在的建筑物意味着立即被打死”“如若发生火灾，不论是偶然起火还是有人故意纵火，消防人员皆不来救”“如若有人死亡，不论死因为何，均由住宿者在围栅旁掩埋尸体”等内容。“虫子死后，毒汁也就完了”——这就是当局的真实意图。它触目惊心又如此顺理成章——天灾仿佛子弹穿越苹果的转化成了人祸。可怜的偷车贼因为调戏戴墨镜的姑娘而被后者的鞋跟刺破大腿，伤口遭到感染，生命危在旦夕。他艰难地爬向大门，希望能得到救治，迎来的却是一排子弹。他成为失明症患者中的第一个死者，被同伴埋在倒满垃圾的围栏旁。由于被送进精神病院隔离的失明症患者越来越多，食物渐渐不能足量供应。部分失明症患者开始提前坐在天井等候食物的到来。因为恐惧被传染，前来送食物的士兵仓皇欲逃离，闻风追过去的九个失明症患者全部死于乱枪之下。

悲剧才刚刚开演。当作家把所有这些正常的人们（他们没有留下名字，或者说，他们每个人都是你、我和他）硬生生地置于灭绝之境，人性中的恶终于被彻底激活，并呈现出它噬心的真实来。

为了得到赖以生存的食物，失明症患者之间展开了各种让人不寒而栗的争斗：一个失明症患者凭借拥有一把手枪纠结了一伙失明症患者，成为歹徒，先是独占食物，再勒令各个宿舍凑钱或拿贵重物品来买饭食，进而又逼迫各宿舍女失明症患者为他们“服淫役”。终于，忍无可忍的医生的妻子在又一场凌辱开始之前，用一把剪刀割断了歹徒首领的咽喉，将其杀死。但马上又有歹徒团伙中的会计接过手枪，成了歹徒们新的首领。为夺回食物，各宿舍的失明症患者组织起来，向歹徒发起了进攻，最终却死伤数人，大败而归。直到最后一个被凌辱的女失明症患者用打火机点燃了歹徒的住处，大火蔓延开来，医生的妻子才得以带着同室的六个伙伴，冲出了精神病院。但她发现守卫的士兵早已不见了踪影，全城所有的居住者全部陷入了失明之中。城市完全瘫痪了，没有水，没有电，没有食品供应，到处一片狼藉，为了得到有限的食物活下去，食品店被洗劫一空，到处是饥肠辘辘的失明症患者在摸索着寻找食物，一位老妇人在以生鸡和生野兔肉充饥。小说行将结束的时候，第一个失明症患者首先恢复了视力，接着其他所有的患者也都先后恢复了视力。

这就是若泽·萨拉马戈以七十五岁高龄创作出版的长篇小说《失明症漫记》的基本情节。它仿佛世界末日的预言，天马行空，指向世界的残酷与邪恶之绝境，又匪夷所思，时时刻刻折射着时代和现实；它混乱驳杂，一个个场景恍如置身人间地狱，又冷酷决绝，直入人类内心黑暗之本源；它用一场天灾到人祸的浩劫预言明天可能的灾难，警示人们永远不要将耻辱的印记镂刻自己的额头。

作为小说的实际叙事人和唯一目睹真相的“失明症患者”，医生的妻子不敢轻易暴露自己的特别身份，担心会成为失明症患者的奴隶，但她实际上更不能像失明症患者那样生活，因为她不得不目睹人与人之间惨不忍睹的相互屠戮，她甚至宁愿舍弃这种幸运，和大家一样生活在白茫茫之中。也许，她注定不可能成为加缪笔下的里厄医生——一个率先承担起“保卫生命”“保卫城市”“保卫尊严”神圣而高贵行动的平凡人，一个热爱生命、有强烈公共职责感的人道主义者，但选择忍辱负重，选择了陪同丈夫走进精神病院，又何尝不是一种伟大的承担！她让我们看到了生命的自尊和价值，看到了人世间的无言大爱。

和医生妻子形成鲜明对比的是，当疫情暴发后，我们看到当局者首先想到的是掩盖真相，并把病患者集中关押进精神病院，试图任凭他们自行毁灭。所幸上帝是公平的（或者说作家是公平的），他把整个城市变成了一所没有围墙的精神病院——士兵们失明了，政府官员也失明了，失明症患者冲出囚牢，和外面的疯子会合。所有人都在无方向地游荡、觅食、窃掠和排泄中度日，空气里弥漫着腐臭气息，邪恶因为“人间”的彻底消亡而失去了原有的意义和敬畏感，它将被永远铭记或随时自我原谅！

这难道就是一场失明疫情留下的意义吗？我不由再次回想起了五年前的那个初夏，SARS肆虐，广东人被推为罪魁，“首堵”北京成了空城，商店关门，饭馆打烊，超市货架卖空，各种娱乐活动被取消，白衣天使整装进入临战状态，街道小区凭证出入，日夜值班，全部中小学校放假，学生在家要每天测量体温并电话报告学校，电视屏幕上，病患和疑似群体被隔离，各色人等慷慨悲歌，但谣言仍然风生水起，举国上下一片惊惶。但一旦灾难平息，谁再去想什么“前事不忘后事之师”。仿佛《失明症漫记》的结尾：终于忍耐到了失明症撤退的那一天，已然面目全非的城市里，响起了人们此起彼伏的欢笑声，“城市还是那个城市”（但城市已不是那座城市）。《失明症漫记》的结尾同样重复了《鼠疫》的结尾：越来越响亮越来越持久的欢呼声在城市回荡，一直传到平台脚下，空中的火树银花流光溢彩，千变万化。但异常清醒的里厄医生却也这样认定：

> 鼠疫杆菌不会灭绝，也永远不会消亡，这种杆菌能在家具和内衣被褥中休眠几十年，在房间、地窖、箱子、手帕或废纸里耐心等待，也许会等到那么一天，鼠疫再次唤醒鼠群，大批派往一座幸福的城市里死去，给人带去灾难和教训。（李玉民　译）

当灾难成为过去，所有活着的人都需要再生。医生的妻子的回答值得我们反复咀嚼和回味。我想我们没有失明，我想我们现在是盲人：能看得见的盲人；能看但又看不见的盲人。

阳山看碑

阳山被称为南京汤山第一名胜。到了汤山而不去阳山一游，就仿佛去了北京不看故宫和长城，会遭周围人等耻笑的。所以尽管因身患流感而头昏脑沉，还是咬咬牙，跟着大伙儿出发了。一路上山，慢慢看过，绷紧的心弦渐渐拨响了，接着，整个心胸仿佛都和着空山鸟鸣叮咚奏鸣起来。

阳山，古称雁门山，位于南京东郊的汤山风景旅游区西北角，宁杭高速公路北侧。据《江宁县志》记载，阳山“东至句容县观山，西与青龙山相接，北与射乌山为邻，南隔广谷与汤山相望”，东西延伸约 7 公里，南北宽约 1.5 公里，海拔 341.9 米，为汤山境内最高峰。据说因从某个侧面看去，其相邻的两座山峰非常像一对儿羊角，所以当地人又称阳山为羊山，此可以清代著名诗人、曾任江宁县令的袁枚脍炙人口的散文名篇《祭妹文》中“乾隆丁亥冬，葬三妹素文于上元之羊山”证之。但阳山之名播天下却更在阳山碑材，1405 年，也即明成祖朱棣从其侄建文帝朱允炆手中夺得皇帝位的第三年，为了给其父明太祖朱元璋歌功颂德，也为了表其做儿子的拳拳“孝心”，朱棣征集全国能工巧匠数十人，沿阳山西南面的阳山采石场开凿了三块巨型碑材，其一是碑座（高 11 米、宽 29.5 米、厚 12 米、重 16250 吨），其二是碑身（高 51 米、宽 14.2 米、厚 4.5 米、重 8799 吨），其三是碑额（高 10 米，宽 22 米，厚 10.3 米，重 6118 吨），三者相叠加，就构成了一块高 78 米，总重量 31167 吨的完整巨碑。诗人袁枚游阳山，见此碑材曾惊叹不已，写下“碑如长剑青天倚，十万骆驼拉不起”的诗句。阳山碑材也在历经六百年沧桑风雨后被载入吉尼斯世界纪录大全。

我们到达阳山脚下已是下午，下得车来，映入眼帘的是一座高大的红漆牌坊，雕梁画栋的，甚是威武。穿过牌坊前行 100 米，是常见的景区前广场。广场不大，盛满了亮晃晃的阳光和暖融融的春风，让人的心胸顿然敞亮起来。广场右侧竖立着一块“南京明文化村 · 阳山碑材”的竹制招牌和 AAAA 级风景区标志。紧挨着招牌的平台上立着一座高约 7 米的石碑，碑顶和底座都镂刻了精美的龙凤图案。碑身上的“阳山问碑”四个大字龙飞凤舞，遒劲有力。我问导游是什么意思，导游微笑着连连摇头。

也许不是旅游旺季的缘故吧，飞檐琉璃瓦的仿古门楼下，检票口空荡荡的，多会儿也没有游客出入。我们鱼贯而入，迎面就看见了一座非常威武的青铜铸鼎。鼎在中国几千年封建历史上一直被视为传国重器和国家和权力的象征，“鼎”字也被赋予“显赫”“尊贵”“盛大”等引申意义，它是文明的见证，也是中国传统文化的载体。放在这里栉风沐雨，一定也与朱皇帝大有关系了。只是若再问导游，她仍会微笑着连连摇头，便懒得再开口。只把目光越过铜鼎上袅袅升起的香火烟气，望向对面的仿古照壁。照壁并不高大，但上书的“天下第一碑”却在向世人宣泄着一种舍我其谁的霸气，让游人驻足停步，凝望良久。

导游前边提醒我们，要去看碑材，须从照壁前向右转，穿过明文化村，再登一段崎岖的山路，才能到达。马上又吆喝着，要大家快走。

明文化村门前张灯结彩，营造出了浓浓的明文化氛围，但走进村里，我还是掩饰不住地大为失望了。因为所谓的明文化村，其实与别处的仿古一条街等并无多少不同，也就一溜仿古的房子而已。只是远离闹市，街上少了些讨价还价的粗门大嗓罢了。

但看到衙门口对着行刑场，豆腐坊挨着典当行，青楼依靠镖局，你还是要哑然失笑的。特别是当看到青砖灰瓦的屋檐下除了一位昏昏欲睡的算命“仙儿”，就是几位卖些廉价纪念品的中年村妇，你真的想不起它究竟“文化”在哪里了。

还是赶紧去看碑材吧。我想着，再没多浏览一眼，就逃也似的径直上导游指名的山道。

山道就是山道。走不多远，耳根顿然清净，市声消退，风声渐渐涨潮，三两声鸟鸣偶尔传来，山林愈显幽远。其实说“山林”有些失当，因为目光所及，山道两边的半坡上居多是杂乱的灌木丛，密密的仿佛撒土不漏。此时只有点缀的松柏和黄杨是青绿的，余则枯干倒伏，风吹过，飒飒作响，仿佛在诉说着冬天的残酷。但枯枝下积着的厚厚落叶，层层覆盖粘贴，片片牵手粘连，又让人由不得去联想起这山林在盛夏金秋的繁盛和荣茂。

转过一个弯道下行，山道两旁的灌木渐渐稀疏起来，稍高的乔木成了主流，特别是突然冒出的三两枝桃花和不知名的野花，高低俯仰，姹紫嫣红的正开得诱人。同行的女同胞自然是不放过这样机会的，三步并作两步小跑过去，玉手扶枝，美目流盼，摆出一个个 Pose，似乎也想留下一段“人面桃花相映红”的千年传说来着。这样想着，我竟恍惚间笑出了声儿。赶紧把目光转向天空，却正有几只衔泥的燕子耷着翅膀飞过，一直飞去了远处的山梁，消逝在了那一片无际的蔚蓝深处。

恋恋不舍地收回目光，继续往前走，忽然就看见了上书“袁机墓”的指示牌，尽管早从学生时代所读的《祭妹文》里知道袁枚之妹袁机就葬在阳山，心里还是不由“咯噔”了一下，脚步也不听使唤似的脱离大伙儿拐了过去。

《祭妹文》是文学史上哀祭散文的珍品，它以细腻的笔触抒发了诗人袁枚对亡妹袁机的痛悼之情，字字珠玑，句句血泪，彻人肺腑，痛人肝肠。前人将其与韩愈《祭十二郎文》和欧阳修的《泷冈阡表》同称为我国祭文中的“鼎足而立”三大名篇。

袁机，字素文，浙江钱塘人，是曾任江宁县令的袁枚之三妹。袁机未出生时，其父母曾与江苏如皋高氏指腹为婚，正式订婚还不满周岁。高氏之子成年后劣迹颇多，闻名远近。高氏遂传信袁家，表示愿意解除婚约，但袁机囿于“从一而终”的闺门礼教，竟执意不肯。婚后，袁机备受凌辱和折磨，几乎被卖身以抵丈夫赌债，终不得不返居娘家，年仅四十岁便凄然长逝。

《祭妹文》从袁机墓地入笔到交代病根祸源，从野外同捉蟋蟀到书斋共读《诗经》，从胞妹送哥眼泪流到把盏喜迎兄长归，从离家出嫁到中道归返，从侍奉母亲以示其德到关爱长兄以显其情，从袁机之死到后事料理，层层推进，波起浪涌，叙事历历，句句见心。文章起笔交代袁机所葬之地、祭奠时间，祭者身份等，随后“呜呼”一转，直呼亡妹，接着，简略叙述袁机的死因，追忆共度的难忘时光。童年相伴读书，“差肩而坐”，温馨之情溢于言表；同捉蟋蟀，同葬蟋蟀，天真善良现于眼前。但当年兄妹同葬蟋蟀，今日却孤兄独葬亡妹，物换星移，今非昨是，岂不让人潸然泪下。当年妹送兄远行，今日兄送妹归于尘埃，岂不痛哉！往日琐事，如影历历，“然而汝已不在人间，则虽年光倒流，儿时可再，而亦无与为证印者矣”。随后记妹妹归返母家的种种情形：服侍母亲；办治文墨；照料病中兄长。而后再记袁机病入膏肓，大限将至，但不让人报信于兄，忍死待兄归，终憾而逝，死不瞑目。末节回到祭奠的墓地。“哭汝既不闻汝言，奠汝又不见汝食。”逝者已逝，生者哀伤。“纸灰飞扬，朔风野大，阿兄归矣，犹屡屡回头望汝也。呜呼哀哉！呜呼哀哉！”对妹妹的怀念和挚爱之情表达得可谓淋漓尽致。行文至此，铁石之人亦当泪湿衣襟！

袁机生前有诗《闻雁》云：“秋高霜气重，孤雁最先鸣。响遇碧云冷，灯含永夜清。自从怜只影，几度作离声。飞到湘帘下，寒夜尚未成。”袁机死后，袁枚为其编印了诗集《素文女子遗稿》。过八年，又成此千古名篇。有兄如此，袁机九泉有知，亦当瞑目了。

袁机墓距离山道不过几十米距离，穿过几秆枯枝和萋萋荒草，再上行十几级台阶，就看见了墓碑的全貌。墓碑高不过两米，朴素得有些寒酸，舒体的“袁机之墓”占满了碑身，大约是今人所立吧。墓碑后是喷绿的黄杨和几竿青竹，再远些是漫坡的荒草和杂木。不过对袁机来说，远离了人间烟火，也远离了青丝白发的纷扰，在夕阳朝晖中聆听满山清风徐来，在春花秋月下坐看天上云卷云舒，未尝不是超越生死的大解脱。

这样想着，山道已空荡荡不见人影，突然觉得身如飘零的落叶，竟无比孤单起来，便再无心情留恋一路的美景，遂加快了追赶的脚步。

追上大家时已经到了一片平缓的开阔地。导游告诉我们，这就是著名的阳山古采石场，也即阳山碑材的所在了。采石场分前后两部分，从这里开采的石料，早已经化作了明故宫的基石、柱础，化作了明孝陵神道上的石兽和翁仲，接受后人的观瞻和惊叹。

据江苏《文物志》记载："阳山，古称雁门山，是孔山山脉主峰，山体为石灰岩构成。自六朝以来做雕刻和建筑用材。"今人甚至认为"六朝以来，南京历代的建筑柱础、石刻等大多取材于此"。据有关专家考据，南京市麒麟镇刘裕墓前的麒麟和天禄，句容萧绩墓前的辟邪和石柱，以及齐梁时代帝王墓陵区内众多的柱础、石刻所用石料，均采自阳山采石场。

站在此采石场空地中央四面望去，但见山崖巍然壁立，高及数丈。也许若从山崖上望过来，人立中央，不过小如蝼蚁。有人计算，从这里运走的石料达数十万吨，若用现代载重卡车运送也要数万车。导游似乎看出了我们眼中的疑惑，解释说，古代当然没有这么大的车辆，从此处运出的较大的石料都是用滚木的方法来运输的。为了节省人力，深冬时在“路”面上洒上水，待成冰后用滚木点在石坯下，人畜共拉，慢慢滚动移运至目的地（据说采石场的出口处，随山势逐渐下降的古道路遗迹至今还依稀[illegible]凿石村的书记也亲口告诉我，他们村前的一条河就是当年运送石料的古河道，去年清淤时还挖出了不少当年遗留下的滚木呢。

从采石场继续向前走过去，俗称后采石场，300 米之内，“天下第一碑”就出现在眼前了。

“天下第一碑”给人的瞬间视觉冲击就是一个“大”字。碑材按其功能造型，分为碑座、碑身、碑额，峨峨散落在阳山西麓，远看每一块都高岩突起，近观又无不被风雨剥蚀。碑材下都凿好了运送的洞孔，旁边几棵古树虬枝苍劲，和碑材一起构成了“枯树巨石映落日”的萧瑟画面。据导游介绍，南京一带的地貌属沉积岩，其状如一摞摞的云片糕，经地壳长期挤压，莫不分崩离析，支离破碎，唯有阳山一带，因为处于一个盆状向斜的中心点，四周的压力奔涌至此，因相互抵消，岩层反而得以保存完好，再加上其他一些得天独厚的因素，才诞生了碑坯这样巨大而完整的石料，却被朱棣慧眼识得，灵机一动，顺手拿来，要去做“大明孝陵神功圣德碑”，以向天下人彰示自己嫡传继承人的孝心。

朱棣此举，可算前无古人，后无来者。朝廷令下，官员火速征调各地万名工匠上阵，限时限速，规定每人每天的工作量以3斗3升凿下的碎石为标准，凡连续3天完不成日定工作量者，一律砍头（据当地人说，因此而丧生的工匠达数百人，附近现存的坟头村，就是因当年掩埋惨死工匠而得名的）。然年余时光过去，开山取材工程忽然中途下马。三块初具雏形的碑石，就这样欲立犹仆，弃于蒿莱。个中原因，自是众说纷纭，但客观地细想原因，核心还应在运输难上。想那古埃及金字塔最大用石才50吨重，如何运输尚不得解，何况是三块最轻者尚有6118吨的庞然大物。据说碑石开凿不久，朱棣曾派翰林院编修胡广等前往视察。胡广等归来报称“仰见碑石，穹然城立”。朱棣走南闯北，见多识广，自然深知这城墙般大石的分量。明知其不可为而为，还不如干脆就此罢手、不了了之呢。其实我更怀疑朱棣开始就洞彻了结局，明知不可为而偏为之，只不过是借题造势，作秀给天下人看罢了。

六百年过去了，如今站在碑材下望上去，雄伟壮观的碑材身上，一锤一凿的痕迹依然清晰可辨。它是我们祖先勤劳智慧的印证，也是华夏民族精神的血泪写照。1957年，“阳山碑材”成为首批“江苏省省级文物保护单位”，1983年，在“金陵新姿览胜评点征联”活动中，“阳山碑材”入选“新金陵四十景”，同时入选的楹联为：

石上有痕，已为前朝记功过；

碑中无字，留与后人论是非。

当地也世代流传着这样的民谣：“东流到西流，锁石到坟头。东也流（留），西也流（留），中间锁石锁坟头。”东流、西流、锁石、坟头都是当地村庄的名字。东边也留着它，西边也留着它，中间锁石村把大石碑锁死在了坟头，地老天荒也弄不走的。民谣承载着民心，个中深意全留予后人去琢磨了。

天近黄昏，山风渐凉，碑材旁，几棵叫不上名的野树，横斜在大片的枝间，稀疏的花儿星星点点地绽放着，仿佛暗夜里孤单寂寥的星辰，让人不忍心再看第二眼。我没有在碑材下过多停留，就随众人向山下走去。

第二天上午出得宾馆，昨日还晴好无云的天空竟飘起了霏霏春雨，扯天连地，绵绵不绝。坐上从南京去杭州的汽车，隔着车窗望向一川烟雨，阳山脚下碑刻的“阳山问碑”几个字竟霍然清晰起来，烟雨中静默的六朝古都却愈加迷蒙而苍茫！

牧羊人卡埃罗面具下的费尔南多·佩索阿

比之于早生自己近一千两百年的中国诗人杜甫，费尔南多·佩索阿从17岁之后直到去世的30年里，几乎没离开里斯本一步。他每日上下班，写作，酗酒，直到病逝，没有行万里路，更没有“百年多病独登台”的沧桑坎坷，除了早年的三卷本《英文诗集》，直到去世前四年，才出版了第一本母语诗集《使命》，即便在诗歌圈，也没有引起多少关注。但费尔南多·佩索阿比杜甫幸运，没有等过三百年后的后生才俊苏轼力推方名满天下，而是在时光荏苒不足七十年后，已经被公认为20世纪最伟大的葡萄牙语诗人，而且是对后世产生了深刻影响的世界性大诗人，其热爱者和研究者遍及世界各个角落。

葡文里“佩索阿”兼有“个人”与“面具”之意。作为诗人的佩索阿似乎也心有灵犀，他秘密地为自己创造了几十张迥异的“面具”，他们各有不同的外形、个性、生平、思想和政治、美学，及宗教立场，相互之间有书信来往，互相品评、翻译彼此的作品，有的甚至还有亲属关系或合作写作，共同组成了辉煌的交响乐团，各有其独特的声音，合起来又能演奏出丰富的乐章，佩索阿既是这个乐团的定调者和指挥，也是音乐的谱写者。他们一起拱卫着属于费尔南多·佩索阿的伟大而神秘的诗歌世界。

在费尔南多·佩索阿所创造的几十位异名者和半异名者中间，牧羊人阿尔贝托·卡埃罗无疑是其中最为熠熠生辉的角色之一。阿尔贝托·卡埃罗面具下的“佩索阿”，自幼失去双亲，仅受过小学教育，和一位姑奶奶长住在乡下，以牧羊为生，27 岁即病故，他的诗集就题名为“牧羊人”。费尔南多·佩索阿把阿尔贝托·卡埃罗定位为一个感觉论者、自然诗人，他强调感觉事物本身，不加诠释，反对分析性和总体性思维，认为自然中的一草一木仅是“一草一木”，没有任何“道”“理”可言。阿尔贝托·卡埃罗是个异教徒，留下了以《牧羊人》《多情的牧羊人》《恋爱的牧羊人》为题目的近百首杰出诗篇，被其他异名者推崇为他们的“大师”，甚至连佩索阿都是受到他的启发才开始创作的。阿尔贝托·卡埃罗面具下的佩索阿干脆认为自然是高于上帝（信仰）的，他甚至为此愿意流浪不归，就像他在诗中所写：

> 但如果上帝是树木，是花朵，
>
> 是山峦，月光和太阳，
>
> 为何我还要叫他上帝？
>
> 我叫他花朵，树木，山峦，太阳和月光；
>
> 因为，如果为了让我看见他，他把自

己变成
太阳，月光，花朵，树木和山峦，
如果他化身树木，山峦，
月光，太阳和花朵向我现形，
那是他想让我认识他，
把他当作树木，山峦，花朵，月光和
太阳。

——《牧羊人》（杨子　译）

从阿尔贝托·卡埃罗面具下的诗行里，我们丝毫看不出费尔南多·佩索阿骨子里的悲观主义者的影子，他对世界的不停息的思考和“惶然”，以及那种“我通晓一切却只留下悲叹……”的绝望。阿尔贝托·卡埃罗面具下的佩索阿，则无论对生活和爱情都充满渴望，如同一个兴致盎然的青春战士，而与佩索阿毫无关联（如果有，他们的秘密通道也只在梦里），或者说，是费尔南多·佩索阿创造了阿尔贝托·卡埃罗这个诗人及其诗篇来与自我的悲观主义做对抗。我们来读一读这首《多情的牧羊人（之二）》（周雪飞　译）吧。

春夜的月亮高悬
想起你，我才是完整的自己

奔过旷野的微风和我相遇
想起你，呢喃你的名字；我不再是我：
　我是幸福的

明天你会来吧，你会同我一道去采花，
　沿着田垄，
而我将和你一起去田间，看你采花。
我已经望见明天在采花的你，和我一
　起，沿着
一道道田垄

但只有当明天你真的来到田间，同我
一道采花，
那之于我才是快乐和真实

这个被爱情溢满心灵的牧羊人，甚至到了“我彻夜无眠，看着，她，在每个角落，都出现的身影，/每一次，我都用与相遇不同的方式将她端详。/我把关于她同我说话时模样的回忆，变成念想/而在每一分念想里，她都因相似而迥异”的痴情地步，作为阅读者，我甚至怀疑，究竟哪一个面具下的佩索阿，才是真实的费尔南多·佩索阿？或者所有的面具都只不过是他解释世界的不同视角而已。因为佩索阿已经明白无误地告诉他的读者：“我将灵魂分割成许多碎片/和许多人物。”这样的回答，让我想起了另一位古老的汉语诗人陶渊明。在陶渊明49岁时所作的《形影神》里，化而为“形”的诗人向“影”提出，既然人不能如“天地长不没，山川无改时”，就该“得酒莫苟辞”，及时行乐。而化而为“影”的诗人对此反驳:“立善有遗爱，胡为不自竭？酒云能消忧，方此讵不劣。”“形”“影”相争，最后还是“神”来做了自我的阐释:“日醉或能忘，将非促龄具！立善常所欣，谁当为汝誉？甚念伤吾生，正宜委运去。纵浪大化中，不喜亦不惧。应尽便须尽，无复独多虑。”陶渊明和费尔南多·佩索阿真是异曲同工，只是陶渊明用回归田园的选择，验证了任随自然的人生领悟，而费尔南多·佩索阿却终其一生也没有能够解开关于生死、关于爱、关于宗教和信仰的心结，被内心的巨蟒缠绞着，在矛盾中走完了47年的生命旅程。他留下的卷帙浩繁的不同面具下的诗篇，让我们看到了决然不同的佩索阿。巨大的内心冲突，让真实与虚构的世界混淆了界线，诗人不得不将自我从现实抽离开来，透过“面具”的方式，进行“多手互搏”的诘问与回答。费尔南多·佩索阿不相信理性、权威，但面对鲜活的感官世界，又怯然止步，而始终没能走出感觉和思维、感情和理智、肉体和精神对立断裂的世界。

但就在挣扎里，伟大的费尔南多·佩索阿诞生并完成了自己！

佩索阿通过另一位作为面具的坎波斯致阿尔贝托·卡埃罗的信里曾这样写道："诗歌是个体的。诗歌并不适于表达社会情感。社会情感由行动表达，每种社会情感都有相应的行动。而诗歌存在于行动和姿态不能表达的事物中。在你的诗里，我亲爱的大师，我欣赏的正是你实现了这一点，而不是提供了多少知晓异教价值的歌唱。异教主义吸引我，就像基督教或其他任何事物一样，而不是我和我的感觉。你对当前社会和艺术教条的鄙视足以使我充满激情。对我来说，异常的唯一方式就是创造或属于一个体系。在一天中，我有时是个唯物主义者，有时是个绝对权力主义者，绝对的绝对权力主义者，这取决于我如何感觉。对我来说，这似乎是自然的。"

电影内外的帕索里尼

1975年11月1日，人们在罗马的郊外发现了53岁的帕索里尼伤痕累累的尸体——一个17岁的男妓因不堪他的纠缠，用棍棒把他击杀。

帕索里尼的猝然死亡震动了欧洲各界。这位当代欧洲极富争议的同性恋者、先锋作家、诗人、天才的电影导演，再一次引得人们唾沫横飞。帕索里尼尸骨未寒，罗马教廷的教士们便忙着驱除他的“邪恶魂灵”，右翼分子们拍手称快，而他的朋友和崇拜者们（包括萨特、安东尼·奥尼和罗兰·巴特）则尊他为“圣－皮埃尔·保罗”，并为他举行了隆重的葬礼。意大利共产党则称赞帕索里尼是“我们民族文化和社会思想最杰出的代表”。批评家们对帕索里尼之死的评论是:“死亡模仿艺术。”作为毁誉参半的艺术大师，帕索里尼一生桀骜不驯，他以其残酷、暴烈、叛逆的电影和文学作品，彻底颠覆了资产阶级主流意识形态。有评论家甚至说:“他的被杀似乎只是他艺术作品的一个情节，一个自然而必然的结局。”

帕索里尼1922年生于博洛尼亚的一个贵族之家。他的父亲是一个法西斯军官，经常与信仰反法西斯主义的妻子发生激烈的冲突。充斥暴力和血腥的家庭使年少的帕索里尼越来越沉默寡言，父爱的严重缺乏也是他走向同性恋之路的肇端。

帕索里尼在故乡完成学业，战时被征入伍，战后到了贫困落后的意大利北部地区，担任中学教师，并尝试以当地方言写诗，并获得了意大利各界的广泛认可。1947年，帕索里尼加入意大利共产党，同时开始研读该党精神领袖葛兰西的著作。但仅仅两年后，意大利共产党就以同性恋为由将他开除。50年代初，帕索里尼任教于罗马邦区贫民窟学校，并先后出版了《葛兰西的骨灰》和《我们这个时代的宗教》等诗集。这两部作品和稍后出版的小说《暴力人生》奠定了帕索里尼作为意大利当代杰出诗人和小说家的地位，同时也引起了文艺圈内外的极大争议（后者因描写妓女与皮条客的生活而被指为“猥亵堕落”）。

由于帕索里尼的小说比较注重视觉，因此特别受电影人的喜爱，很多导演纷纷邀请他撰写剧本。经典影片《卡比莉亚》《甜蜜的生活》就是他与著名电影大师费里尼合作的得意之作。60年代以后，帕索里尼逐渐从文学转向了电影。1961年，帕索里尼拍摄了自己的电影处女作《乞丐》，影片关注罗马底层窃贼、骗子、妓女、皮条客的生活，呈现的是一个被侮辱、被践踏的阴暗世界。电影深受风行一时的新现实主义的影响，但又带着宗教般的狂热、梦幻与死亡。《乞丐》震惊了意大利文化界，人们没有想到，这个同性恋分子、色情期刊的专栏作家、满嘴俚语的诗人居然开始拍电影了。

接下来的《罗马妈妈》延续了新现实主义风格和对底层的关注。影片以贫困暗娼为主角，描写她们悲惨无望的生活，纪实性的镜头和低俗的罗马俚语一如既往，通过人物所处的恶劣环境直达“残酷的真实”。影片虽然获得 1962 年威尼斯电影节“俱乐部联盟奖”，但场景的肮脏龌龊，人物行为的匪夷所思，也遭到了媒体和观众的严厉指责，以至于次年的《软奶酪》只放映了一次，即被永远禁映。帕索里尼也以“亵渎罪”被判处四个月的监禁。虽然这些记录和表现社会底层人物的文学和电影作品屡遭非议，但帕索里尼却坚称：“真正的残酷来自事物本身，是生活的本质使人恐怖。”

作为影响了欧洲不止一代人的杰出作家和电影

导演，帕索里尼一向特立独行。他的目光总是凝注在生活的最底层。他出身于典型的资产阶级家庭，却异常憎恨自己的出身。他说：“我同莫拉维亚和贝托鲁奇一样，是小资产阶级分子，也就是说，是个狗屎蛋。”他热爱一无所有的流氓无产阶级，他经常在影片中扮演耶稣受难的场面，但被他视为现世基督的人物往往是窃贼、流氓。他以其特立独行的风格“污染”神圣，他认为正是包括自己在内的资产阶级用虚伪透顶的教义“污染”了纯真率直的无产阶级群众。

帕索里尼的自相矛盾几乎是前无古人的。他敬仰天主，却很早就放弃了天主教信仰并一生与教会公开对抗；他以无产阶级左翼知识分子自居，却在60年代末的学生运动中站在警方一边；他批评电视享乐主义，但却在《天方夜谭》等电影中蓄意地表现色情；他坚决反对野蛮和暴力，却在银幕上一次次展现肮脏、血腥、不堪入目的场面；直到生前最后一天，他还在为同性恋者奔走疾呼，却固执地视堕胎为法西斯主义行为……

在现代语言学与神话人类学之间微妙的关系影响之下，帕索里尼的创作开始偏离“新现实主义”的传统，转而关注神话和意识形态，同时继续构筑他的史诗宗教的认识体系。他在生命的最后六年里，完成了让自己蜚声世界的“生命四部曲”——《美狄亚》《十日谈》《坎特伯雷故事集》《一千零一夜》（其中后三部电影分别获得了当年的戛纳和柏林电影节大奖）。帕索里尼也极为自豪地认为这几部电影是自己所拍摄过的影片中思想性最为深刻的。通过肉体与性的重新审视与打量，帕索里尼真正进入了文艺复兴的精神境界，利用摄影机来颂扬人性的自由与解放。而在帕索里尼看来，资产阶级只不过是魔鬼放出来的臭屁罢了。

1975 年，帕索里尼完成了自己最惊世骇俗的电影《萨罗》（又名《索多玛的 120 天》）。这部电影取材于臭名昭著的法国情色文学作家萨德的小说。但电影的背景却改成了墨索里尼政权下的萨罗共和国。

萨罗共和国是“二战”时期法西斯分子的一个据点，在这里，11 万人被残杀，大批少女和少年被强奸、鸡奸。通过电影，帕索里尼再现了这座人间地狱的真实场景。在这部电影中，帕索里尼不是刻意追求色情和暴力，而是让其从人们的行为中自然流露出来，成为一种实实在在的罪恶，摄影机的作用只是冷静地忠实地记录。电影中的四位权势人物主教、法官、总统和公爵分别代表神权、法权、政权和封建势力，他们将一群单纯的少男少女抓进城堡后，就开始了“饮血”和“吃屎”的狂欢。

欲望产生罪恶，暴力带来满足。震惊于这种扭曲的生活，每一个看过这部电影的人都会瞠目结舌。影片最后，伴随着低沉抑郁的歌曲，暴力和摧残也达到了巅峰。权力的压路机轰隆隆碾来，少男少女们犹如困兽，他们互相揭发、互相陷害，内心残存的一点良知彻底泯灭。当那两个少年翩翩起舞时，令人周身冰凉的却是人性的麻木不仁，它远比死亡更令人绝望！

帕索里尼经常说：“我是如此强烈又如此失望地热爱着生活，以至于我无法从生活中获取任何益处；生活中的阳光、青草，远比可卡因更为邪恶和可怕，我不费吹灰之力，就能得到它们，其数量之多可谓无穷无尽……”

他又说：“只要我们活着，我们即缺乏意义……死亡变成了我们生命中令人眩惑的蒙太奇……幸亏有了死亡，生命才得以表现出我们自己。我是这么充满激情，这么疯狂地拥抱生命，我知道我将死无葬身之地。”

这就是帕索里尼，一个意大利男人，一个作家，一个诗人，一个导演，一个马克思主义者，一个知识分子，一个同性恋者，一个性虐狂，一个疯子，一个渎神者，一个天才……

等待戈多，等待贝克特

4 月 13 日，世界在一片喧闹中迎来了 20 世纪最伟大的戏剧家，荒诞派戏剧大师，1969 年诺贝尔文学奖得主萨缪尔·贝克特的百岁诞辰。在贝克特的祖国爱尔兰，以政府为主导的“贝克特百岁节”大型纪念活动已经隆重开幕。作为活动的一部分，著名的大门剧院将陆续上演包括《等待戈多》在内的贝克特近十部经典剧作。贝克特当年求学的都柏林三一学院也聚集了来自世界各地的众多学者。在万里之外的中国上海，四台剧目和一系列专题讲座共同构成了为期两周的纪念活动。台北当代传奇剧场带来了京剧《等待戈多》，爱尔兰盖尔剧团带来了根据贝克特小说改编的话剧《莫洛依》，上海话剧艺术中心的《终局》也在此次活动中重演。湖南文艺出版社推出的五卷本中文版《贝克特选集》也摆上了各地书店的书架。

同时，各种形式繁多、规模不等的纪念活动也正在世界各地同步进行着。其身后喧嚷与贝克特生前对媒体及公众的疏离形成了鲜明的对比。也许在贝克特看来，这样的纪念活动本身就是一幕荒诞戏剧，它已经背离了自己多次对媒体“与其用显微镜来观察我的生活，不如用它来观察我的作品”的诚恳请求。

都柏林的天才自恋狂

萨缪尔·贝克特无疑是20世纪文坛和戏剧界的巨擘。他最重要的作品包括《等待戈多》《终局》

《克拉普的最后一盘录音带》《快乐时光》等戏剧和小说三部曲《莫洛依》《马隆纳死了》和《无名者》。就在世时的知名度而言，很少有作家可以与贝克特并驾齐驱。

一百年前的4月13日，贝克特出生于都柏林郊区一座名叫库尔俊纳的都铎王室建筑里。在孩提时代和中小学期间，贝克特没显露出日后的博学和驾驭语言的天分。直到后来就读于著名的三一学院，师从拉德默斯·布朗攻读现代语言，这方面的卓越才华才显露无遗。

青年时期，贝克特的聪明和自恋远远都超过了三一学院的大多数同龄人。但这种优越感很快就使他感受到了某种“可怕的生理症状”。“多年来，我一直闷闷不乐，其实我是有意这么做的，尤其中学毕业进入了都柏林三一学院之后。我越来越封闭，越来越不容易接受他人，而且越来越瞧不起别人，甚至瞧不起自己。如果心灵中没有闪现过对死亡的恐惧的话，那么时至今日，我一定还沉醉在灯红酒绿之中，一定还目中无人，终日无所事事，因为我觉得自己太优秀了，优秀得别无选择了。”这段自我剖析一针见血地指出了问题的症结所在。

1928年，贝克特来到巴黎高等师范学校任教，在这里开始了与文学巨匠詹姆斯·乔伊斯的交往并深受其影响。1938年，贝克特在巴黎街头被一个男妓捅了一刀，刀锋离心脏只差了一丁点儿，只要再往里捅一英寸，也许晚些时候出版的小说《莫菲》就要加上“贝克特遗著”的字样，而且也不会有《等待戈多》等名作了。这次九死一生的经历彻底改变了贝克特的生活态度。二战期间，贝克特参加了巴黎的抵抗组织“格洛里亚”。后因叛徒出卖，组织遭到敌人的破坏，贝克特和他未来的妻子苏珊娜闻讯逃了出来。他们东躲西藏，或栖身小旅馆，或睡在谷仓、庭院和水渠中，或在路上奔波，历尽艰险。直到战争几近结束，他们才穿越饱受战火摧残的法国全境，回到巴黎。他所经历的这一系列事件极大地震撼了他。

另一个决定贝克特一生的事件发生在战后。1945 年，他在圣洛的一家爱尔兰红十字医院工作期间，目睹了真正的毁灭、摧残和痛苦：美好的家园在枪林弹雨中化为了瓦砾；个人财产化为了灰烬；所谓的医院只不过是搭建在一堆尘土之上的临时诊所；整个病房里都是身患肺结核的病人。贝克特不顾自身的痛苦，尽其所能地帮助那些更不幸的人们。

战争的磨炼和有效的心理治疗使贝克特渐渐摒弃了那种张狂和自我陶醉的年轻心态，让他从一个张狂的自恋者转向了一个博爱者。《等待戈多》等多部作品的风靡世界给贝克特带来了可观的版税，许多人因此都获得了他的慷慨资助。

从《普通女人梦》到《终局》的文学传奇

贝克特最早创作的小说是《普通女人梦》，接着他写下了后来收入到《刺多踢少》的几个短篇小说。贝克特的幽默在这些短篇中初露锋芒，他用精心选取的意义隐晦的词语，代替冗长的现实主义描写，表现出了卓越的驾驭语言的能力。

贝克特的第一部杰作是小说《莫菲》，该书被拒绝 42 次之后才最终得以问世。如今，文学史家已将《莫菲》和《尤利西斯》一并归入了爱尔兰城市史诗之列。

“二战对贝克特的影响既不是战争的实际意义，也不是前线战事或他曾参加的抵抗运动组织，而在于重返和平后的种种：撕开地狱的帷幕，可怕地展露出人性在强制命令下服从的本能已达到了非人道的堕落的程度，以及人性如何在这场掠夺下依然能残存不火。”（诺贝尔文学奖授奖词）经历过战争的动乱后，贝克特开始创作第一部法语小说《梅西埃与卡米埃》，随后十年里，他写出了三部曲巨著《莫洛依》《马隆纳死了》和《无名者》，《等待戈多》等剧本也得以公演。这些作品从根本上奠定了他在世界文学史上的崇高地位。

三部曲以莫洛依寻找母亲的近似现实主义的细节描写开始，通过马隆纳超现实主义的临终反思，直到以无名人脱离躯壳的头颅在旋转的幻觉世界中心的灰色心理作为结局。作为对痛苦、失落和绝望心灵的文学阐述，三部曲是无与伦比的。

贝克特于 1948 年创作的《等待戈多》被誉为最有代表性的荒诞派戏剧作品。在这部两幕剧的第一幕里，主人公流浪汉爱斯特拉冈和弗拉基米尔出现的一条村路上只有一棵光秃秃的树，要等待的戈多迟迟不到。无聊之极的两个人没话找话，胡乱交谈，没事找事，做出许多无聊的动作。等啊等啊，终于等来了一个男孩。他是戈多的使者，他告诉两个流浪汉，戈多今晚不来了，但明天晚上准来。第二幕仍是两个流浪汉在同一时间、同一地点等待戈多，只是树上已经长出了几片叶子。为了打发烦躁与寂寞，他们继续说些无聊的话，做些荒唐可笑的动作。最后又等来了那个男孩，他告诉说今天戈多不会来了，但明天准来。

两幕戏时间、地点、结构等都极为酷似，故事的结尾又都回到开始的地方。该剧突出表现了生命的幻灭和生活无休止的循环。贝克特主张“只有没有情节，没有动作的艺术才算得上真正的艺术”。《等待戈多》的情节与动作都减到了极低的限度，没有通常的故事情节和戏剧冲突。从剧中看，戈多仅仅是支持两个流浪汉的微茫希望，是他们赖以生存下去的救命稻草：“戈多来了，咱们得救。”但戈多就是不来。在贝克特看来，人生就是这样，既难活，又难死，既充满希望，又无限绝望。苦苦的等待带来的是幻灭的结局，这是一幅多么残酷的人生画图啊。

贝克特试图以振聋发聩的表达使人们觉察这个世界的沮丧，现实的可笑，自我的分裂及无所不在的死亡怎样把人拖进了不可理喻的漩涡。他展现在人们面前的是一个无聊的世界，而人就在其中慢慢耗掉了毫无意义的一生。

1956年，贝克特用法语写出了他个人最钟爱的另一部力作《终局》。这部戏却遭到了前所未有的冷遇，没有剧院愿意接受，也没有人愿意排它。贝克特再三游说，法国人罗杰·布林才答应出任该剧导演。具有讽刺意味的是，该剧法文版的首演是在英国伦敦的皇家花园剧院，而不是在它的诞生地法国。贝克特亲自完成的该剧英文版的荒诞成分更加浓郁。

这是一个挑战观众艺术鉴赏力的故事。狭小封闭的地下室里，有这样四个奇怪的人：一个坐不下去，一个站不起来，还有两个住在垃圾筒里。他们是父子，是夫妻，是主仆，是朋友，相互依赖又彼此厌烦，分不开却又无法沟通，他们回忆、希望、梦想，在相互牵扯间走向了一个终局。

作为贝克特生前挚友，当代德国杰出的戏剧导演沃尔特·阿斯姆斯被业界誉为贝克特的阐释权威。但他却感叹道:“就像音乐家的每一部作品不可能达到完美一样,对贝克特戏剧知道得越多,难度越大。”

贝克特因为“他那具有新奇形式的小说和戏剧作品使现代人从精神贫困中得到振奋”,而获得1969年的诺贝尔文学奖。瑞典学院常务理事卡尔·吉罗在授奖词中不无幽默地说:“一份诺贝尔奖颁给了一个人,两种语言和第三个国家,而且是一个分裂的国家。”

贝克特的至交,2005年诺贝尔文学奖得主哈岁德·品特则用诗一般的语言赞誉道:“他催生了美的事物。他的工作如此美好。”另一位爱尔兰著名学者理查·埃曼则冷静了不少:“贝克特是独一无二的。他向那些衰老、伤残、不善辞令的人和走投无路的男女发出声音,他省略了惺惺作态和虚伪矫饰,绝口不谈意味深长的存在。……他的音乐的韵律、精致准确的语句，不禁驱散了空旷的虚无……如同传说里火中不死的蜥蜴，我们在贝克特的火焰中活了下来。”

在贝克特的笔下，人们在絮絮叨叨说出那些渗透着无聊、遗忘和痛苦的话之后，最终成了沉默的“石头”。这是贝克特看到或体验到的世界，他以敏感的心灵洞悉了这个世界的真相，并毫不保留地再现了它们。

“作家只是苹果核里的虫子”

中年以后的贝克特，性格渐趋平淡随和，但对艺术的要求却越来越苛刻。作为自己剧本的导演，贝克特竭尽全力使舞台形象接近于自己心中的形象。从他那些极具震撼力的舞台形象设计来看，作为“视觉艺术家”的贝克特在其塑造的舞台形象中，无不渗透着欧洲经典绘画大师们以及现当代艺术家们的双重影响。它的巅峰之作《等待戈多》剧中共有五个人物，但爱斯特拉冈和弗拉基米尔都是孤零零地出现的，而且两人还有时间和空间之隔。《终局》也有四个角色。但在大多数场景中，其中两个都是隐身在垃圾筒里，只剩下克洛弗一个人在台上自由走动，为坐在轮椅里的哈姆提供服务。

随着创作的日益炉火纯青，贝克特塑造的形象也越来越静态、专注、神秘。它们岌岌可危地悬挂在物质边缘的上空，但仍然极具影响力，甚至令人震惊，留给观众的印象极其深刻。

60 岁以后的贝克特之所以尝试自编自导，非常重要的原因是他发现许多演出与他预想的目标相去甚远。迈克尔 · 黑尔德特是贝克特 1967 年在席勒剧院导演《终局》时的助手。他对黑尔德特说：“我看过了柏林首演版的剧照，每一个细节都错了，垃圾筒居然是分开的，观众居然可以看见哈姆的脚就放在地上。”美国著名话剧导演艾伦 · 斯奈德在其自传中写道：“我记忆最深的就是，贝克特时不时地抓住我的手臂说：‘全错了！全做错了！’”

这并不是说贝克特认为其剧作的表演方式只有一种，但当导演犯了非常明显的错误或肆意篡改他的作品时，他会非常震惊和气恼，甚至暴跳如雷。他在写给艾伦·斯奈德的信中说：“我有时会异想天开，除了一名德国导演之外，其他所有德国导演都合而为一，靠墙站立，然后我每隔5分钟就把子弹射进他的睾丸里，直到他对篡改原作完全丧失了兴趣为止。”

贝克特的每一部舞台剧他都至少导演过一次。直至80岁高龄，他的导演生涯才告结束。贝克特对自己的导演水平非常自信，他会帮助演员找到某句台词或词组的正确音调，甚至会严格按照音乐的精确性来选择一个合适的短语。为了让演员正确理解相关台词，他甚至会念上一整段。偶尔还会走上台去试试某些造型、动作和手势。排戏的过程中，他全神贯注，全身心投入，对戏中的每一个环节的视觉化都不厌其烦。

贝克特很少谈论自己的作品，也从不接受记者的采访。他认为“作家只是苹果核里的虫子”。他在写给朋友的信中称：“人们小题大做，把我的生日庆典搞得像我的百年诞辰一样轰轰烈烈。我要在生日庆典隆重举行的那一天悄然离去。至于去哪里，我自己也不清楚。也许会去中国的长城吧！我要躲在长城背后，直到大浪淘尽为止。”

贝克特的生活观就像《等待戈多》里的波佐所说的那样：“他们两脚分开骑在坟墓上生产，光明转瞬即熄，接着又是一片黑暗。”他的文学生涯以及面对虚无所展示出的个人力量，实践了他的三部曲中最后的一段话：“一定要走下去，我走不动了，我还要走下去。”

散文：带着心灵热度和身体痛感的非虚构之作

虽说也写过些长长短短的散文，但散文这门艺术之于我，仍然是一种高山仰止的文体。这里不单有从古以来灿若星辰的先贤名家，更有浩如烟海的佳作名篇。远的可追安天下之半部《论语》，900 多年前的一篇《岳阳楼记》，影响绵延至今，成就了一代代不同阶层人士“心忧天下”的价值观和人生观。这也间接肯定了曹丕在《典论·论文》所言的：“盖文章经国之大业，不朽之盛事。年岁有时而尽，荣乐止乎其身，二者必至之常期，未若文章之无穷。”

一个“无穷”，说尽了古今文章的玄妙。今人王充闾先生把自己对中国古典诗歌阅读的心得结集为《诗外文章》，我以为既是对散文这一中国特有的古老文体的回望，也是一种自然回归。在小说没有兴起之前，我们的先人除了分行的诗，但凡不分行的各种文字，落于字纸缣帛，大体都归入了文章的范畴。所谓“文章千古事，得失寸心知”，也是说文章是搭起事与心的桥梁。就中国古典散文来看，前至“诸子百家”、《史记》《汉书》，“唐宋八大家”，后到“桐城”“公安”，及流传广泛的《古文观止》等权威选本等，其丰富和包容令人惊叹，内里狭义的散文可说少之又少。从这一维度来看，今人所一直津津乐道的纯散文及其写作理念是否给以汉文化为背景的传统散文带上了无形的纸枷？

拉近了目光，我们还可以看到，新世纪伊始，在一时风生水起的“新散文”诸多篇章里，张锐锋、周晓枫、祝勇等人在打破散文“短小精悍”“形散神聚”等条框桎梏，引入更多小说叙事和诗性意象等表现手法之后，也鲜见进一步的开拓和创新，近年来更是趋于沉寂。换句话说，这早已不是一个革命的时代，也就不可能产生散文或者其他文体的革命性作品，如同汽车的创新，可以涉及发动机等核心部件的电动化和自动化驾驶，四个轮子一直都是圆的却不曾改变过。各种“新散文”所追求大多是艺术表现手段的引进和尝试，参与者的所有努力都不过是力图在纯文学范畴内把“散文”往“文章”的方向上拉一拉罢了。继之兴起的“非虚构写作”无疑是对当下小说和散文写作文人化、精致化的反悖，也是对散文写作日益风月化和书斋化的无声抗议。它表明了读者对“读者体”鸡汤散文的兴味索然和部分散文作品缺少世道人心的深层关怀的失望。我们应该清醒地认识到，并不是散文这种文体过时了，而是“扎根精神”的缺失，让我们的散文作家落伍于时代和社会的变迁了。

古人讲“文以载道”，这个“道”，不该只是道理之道，更应该是道统之道，天下之道，是写作者所面对的社会现实和生命个体独特的内心现实。我不反对写作者对文本价值和意义的求索，也不认为周作人、梁实秋、汪曾祺等人笔下的闲适就不是真实的个人生活，而是说散文源远流长的厚重传统积累已经表明，当代散文创作一样有能力去呈现时代和个人生命和精神的境遇。

波兰诗人米沃什说：“诗是对真理的热情追求。”我们的散文作家一样有义务走出书斋，走出故纸，去关注现实、思考现实，发出自己独特而真实的声音。我在这里反复强调的“真实”作为散文这种文体的本质和核心，既指向人物、事件、自然、社会、历史，也指向文本内的重要情节和细节以及作家的内心世界。但散文创作不是照相机的拍摄，不是照本宣科的还原和复印机式的对应，它带着作家鲜明的立场、观点、思想、感情，经过了作家心灵之光的照亮，是具备了文学审美功能的、文学意义上的艺术“真实”。它的边界又是无边无际的，是陆机所说的“笼天地于形内，挫万物于笔端”，是最自由的，最显示作家个性和才华的现代文体。

基于对真实的个人认知，相对于当下过度专业化、文人化写作的散文写作，我更偏爱那种带着心灵热度和身体痛感的非虚构之作和田野调查式的行走之作。梁鸿在写作《中国在梁庄》和《出梁庄记》的过程中，长时间住回自己出生的村庄，挨家挨户地去走访，还无数次往返村里人不同的外出务工城市，去了解主人公们不同的生存状况，她在成文的过程中，融入了自己作为一个社会学者自外而内和自内而外的思考，文本呈现的不仅是以梁庄为典型的中国乡村现实，更有它内部的清晰的脉络走向。雷平阳为了写作《乌蒙山记》系列散文，几乎走遍了乌蒙山的村村寨寨和山山水水，他的“乌蒙传奇”

首先是活生生的乌蒙现实。高尔泰的《寻找家园》是他历尽沧桑的生命岁月的血泪记录，其字字句句都源于铭心刻骨的记忆，滚烫而疼痛。李娟为了写作《春牧场》《夏牧场》，坚持与母亲和羊群一起栉风沐雨地度过草原上每一个夜晚。从这些作家的文本中，读者感受到的不是一个作家在写作，而是一个与他们的关怀对象同呼吸共命运的人在向你倾诉，与你交谈。与更多资深散文作家相比，他们的文字也许还不那么圆融，还略显匆忙和粗糙，但因为扎根于大地和众生的命运，带着作家的心灵体温，突然就有了活力、魅力和魔力，赢得了文学圈之外的众多读者的喜爱。这些作家也成了当下散文写作不可或缺的力量。从梁鸿、雷平阳、袁凌、黄灯、张承志、高尔泰、李修文、李娟等作家的非虚构和田野调查式的持续书写中，我清晰地看到了散文对时代和个体生命的深度介入和热情关怀。不管有多少人质疑他们书写的真实和虚构的模糊界限，我仍然认为，以真实为基础的现实重构（而非虚构），恰好呈现了散文走出美文藩篱，走向原野和大地深处的勃勃生机和无限可能性。

我所供职的《十月》杂志同事、青年批评家季亚娅在谈到自己对当下散文写作的看法时，表达了与我不同的关注。她这样说:“当代最富探索性的写作，可能在散文书写领域。我不是在美文或者抒情散文的意义上谈论散文，恰恰相反，关于散文的定见里所不能满足的阅读焦虑，在这些溢出文学、无法归类的文字中得到纾解。我希望找到最具创造性的激进文体，能越界，也能呈现不确定性的实验性文本，如果它们也提供一种叙事，那首先是一种现代博物体式的知识型叙事，学科领域的分界线被有意识地模糊，类似于知识生产的原初状态，美与智慧、词与物呈现一种元气茫茫的纠缠。它们所容纳的巨大的信息和情感含量，所提供的整合思想、叙事、行动的能力，以及或清晰或模糊的实践指向，为散文写作带来新的方法论思考。”也可以说，她对作为散文写作另一极的知识分子散文的向前走，也提供出了一条新的思路。

这两极交汇起来的散文写作，近年来在《十月》这个平台上得到了立体的呈现和展示。这也是基于《十月》所一直秉承的现实主义传统在新时代的发扬和拓展。

散文“怎么写”和“写什么”见仁见智，并且至今没有一个标准答案。作为期刊同仁，我一直关注着业界资深人士的发声。《散文》主编汪惠仁提出了“有情趣、有情怀”的基本要求，这是一个更多关涉作家个人素养和旨趣的主张，所指向更偏于“写什么”。作家穆涛则针对作者提出了“看清楚，想清楚、表达清楚”的三要素，看似简单，却对散文作家“怎么写”提出了极高要求。其难度在于要真正达到“看清楚、想清楚、表达清楚”的境界并不容易，甚至需要付出一生的努力。

无论作为读者和文学编辑，我一直都在期待着散文对古典传统的回归和散文现代精神的张扬，在“文章”的大海里，散文理当焕然一新。

后记

古人说的“读万卷书，行万里路”，是一种高标准、高品质的生活。对此生命的追求，真正实施者甚少。读书破万卷不容易，远行也是多有不便。时间走到了今天，旅途变得十分通畅，行万里路已经不是问题，读万卷书却仍不是件易事。这需要个人的自觉及社会的推动。而文字是一种释放，也是一种交流。作家的写作同样需要与读者互动。

漓江出版社顺应需要，提出了散文精品城际阅读，编辑系列名家丛书，以迎合扑面而来的旅途与信息相融的高铁时代。

谈起选题时，我们就谈到了“七”这个数字，它是“赤橙黄绿青蓝紫”的七，是“哆来咪发唆拉西”的七。让人联想到色彩的无限斑斓与乐曲的美妙变化。那么就定为七人吧，每一两年邀约七位活跃于当今文坛的作家，以构建可资阅读、珍藏、研究的厚重文库。

作家们欣然响应，很快传来了书稿，我们根据情况，组成不同年龄、不同性别、不同地域、不同风格的七人展。毋庸置疑，随着时间的推移，这个精品文丛将会显现出它茁壮的生命力。

由于疫情及其他缘由，这一辑稍有拖延，但我们仍然会看到欣喜的收获。

王剑冰

2020 年冬

王剑冰，著名散文家，我社《中国年度散文》《中国年度散文诗》主编，“旅伴文库 · 散文精品城际阅读”主编。

请记下你与日子的美好相遇

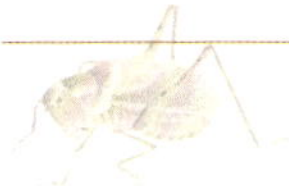

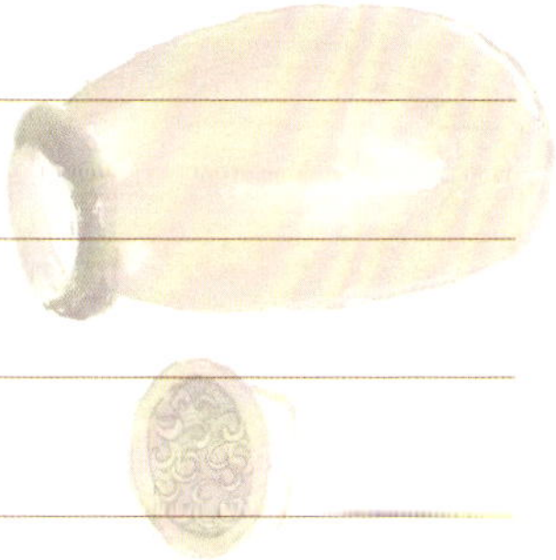

请记下你与日子的美好相遇

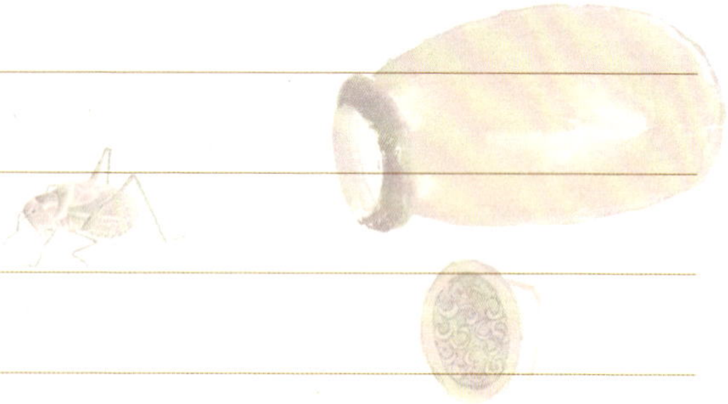

请记下你与日子的美好相遇

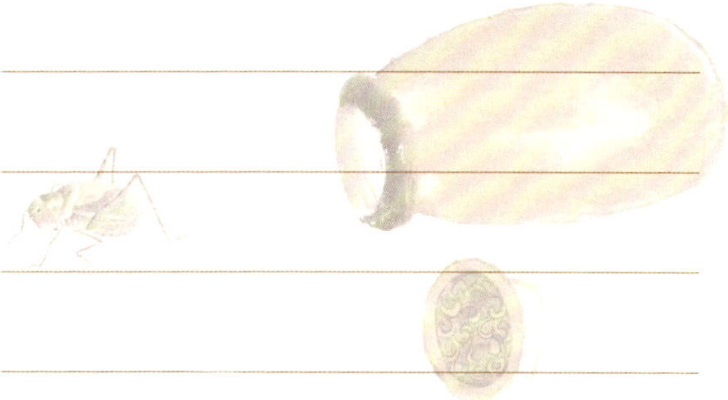

请记下你与日子的美好相遇

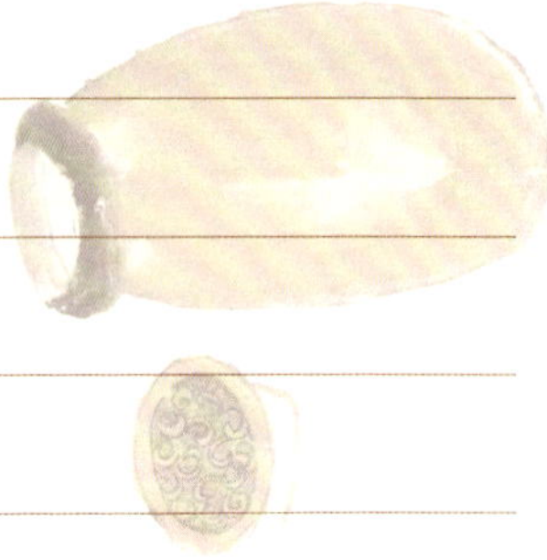

请记下你与日子的美好相遇

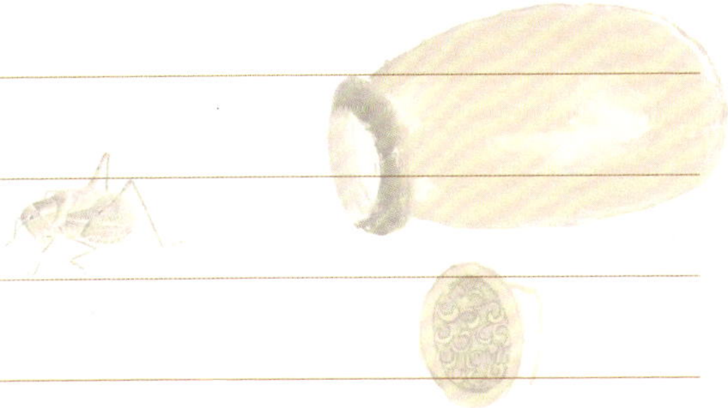

请记下你与日子的美好相遇

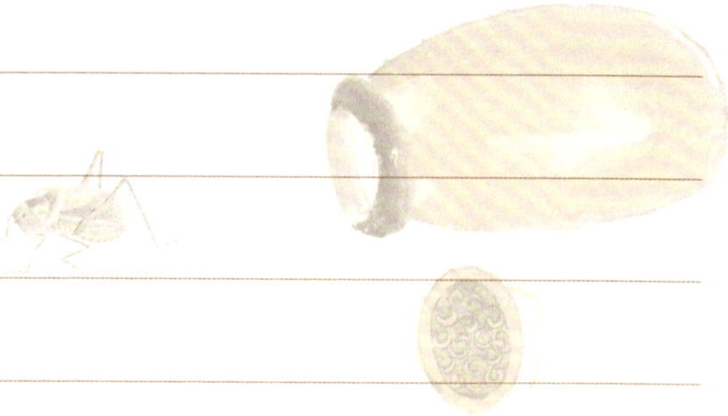

请记下你与日子的美好相遇

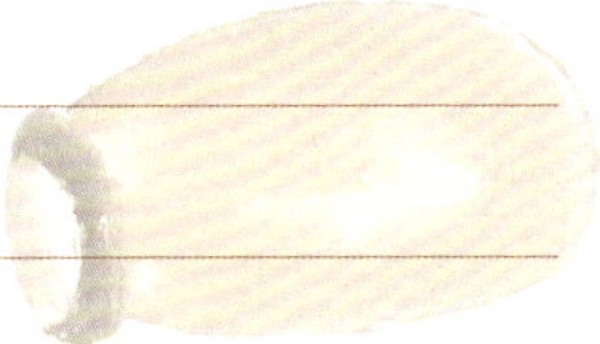

请记下你与日子的美好相遇

请记下你与日子的美好相遇

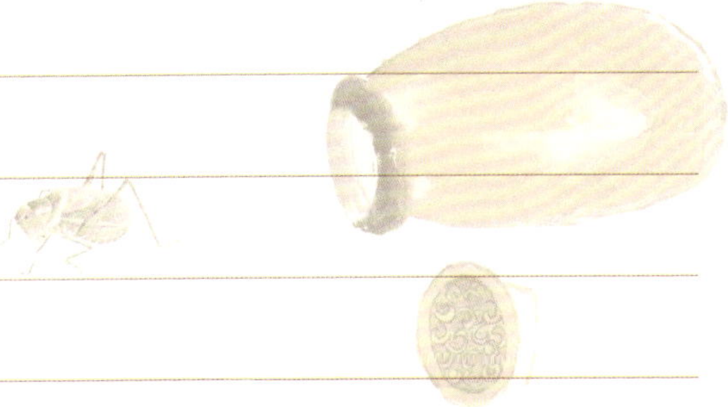

请记下你与日子的美好相遇

请记下你与日子的美好相遇

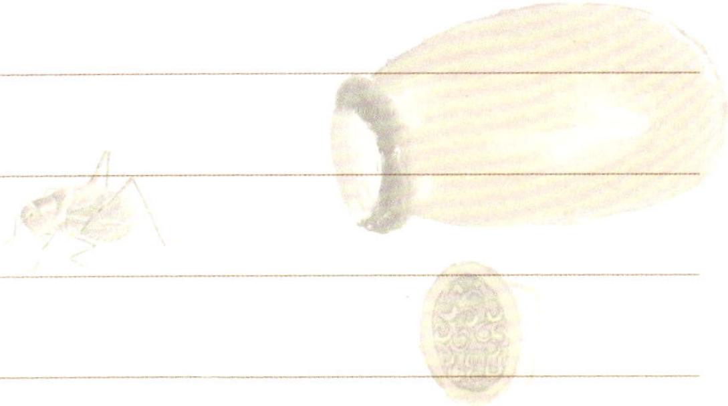

请记下你与日子的美好相遇

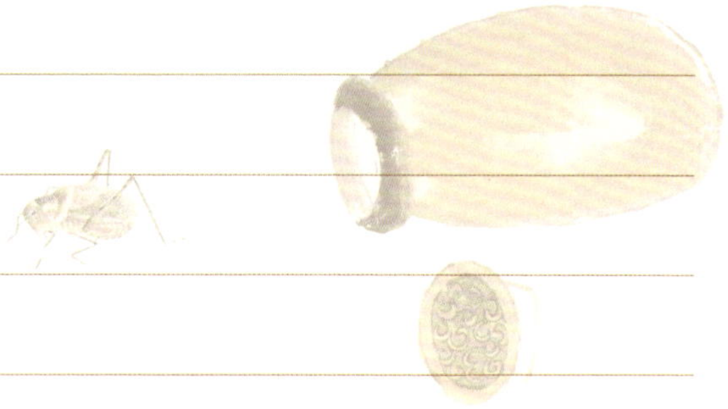

请记下你与日子的美好相遇

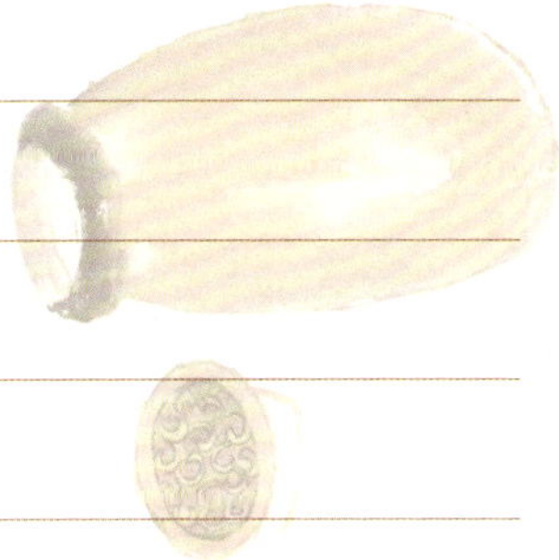

请记下你与日子的美好相遇

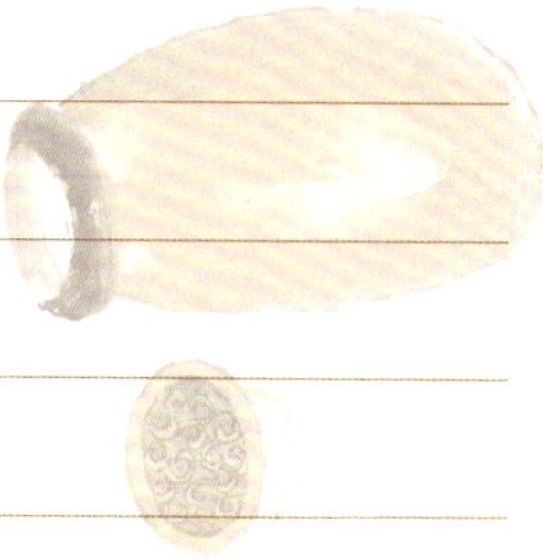

请记下你与日子的美好相遇

请记下你与日子的美好相遇

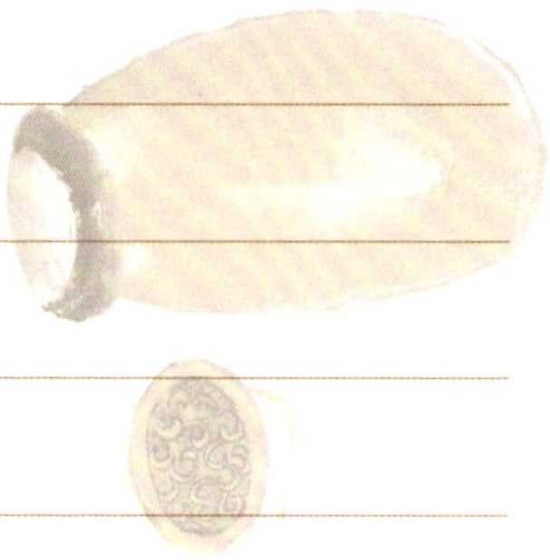